Eine weit gespannte Reise durch die Kontinente und Zeiten, mit einem veritablen Ritter auf einem Pferd, einem ihn begleitenden Schreiber und drei Abenteurern auf der Suche nach dem kostbaren Fell der seltenen Berbiolette. Mit ›Paradiese, Übersee‹ ist Felicitas Hoppe ein hinreißendes Kabinettstück gelungen: Verkleidet, maskiert und gerüstet treten wir uns selbst gegenüber.

Felicitas Hoppe, geboren 1960 in Hameln, lebt als freie Schriftstellerin in Berlin. 1996 erschien ihr Debüt ›Picknick der Friseure‹, 1999, nach einer Weltreise auf einem Frachtschiff, folgte der Roman ›Pigafetta‹, 2003 ›Paradiese, Übersee‹ und 2004 ›Verbrecher und Versager‹. Für ihr Werk wurde Felicitas Hoppe mit zahlreichen Preisen ausgezeichnet, u. a. mit dem Aspekte-Literaturpreis (1996), dem Ernst-Willner-Preis im Bachmann-Literaturwettbewerb (1996), dem Rauriser Literaturpreis (1997), zuletzt dem Brüder Grimm-Preis (2005).

Unsere Adresse im Internet: www.fischerverlage.de

Felicitas Hoppe

Paradiese, Übersee

Roman

Fischer Taschenbuch Verlag

Veröffentlicht im Fischer Taschenbuch Verlag,
einem Unternehmen der S. Fischer Verlag GmbH,
Frankfurt am Main, März 2006

Satz: Pinkuin Satz und Datentechnik, Berlin
Druck und Bindung: Clausen & Bosse, Leck
Printed in Germany
ISBN-10: 3-596-17127-X
ISBN-13: 978-3-596-17127-9

I. Übersee

1.

Am Vorabend des zweiundzwanzigsten Zwölften betraten der Ritter und der Pauschalist das Festland von der Nordseite her.

Während der Ritter sofort vom Pferd sprang, um den Kühen am Straßenrand Ehre zu erweisen, denn Weihnachten, das Fest aller Tiere, stand vor der Tür, war der Pauschalist hoch zu Ross sitzen geblieben, ohne auch nur einen Augenblick darüber nachzudenken, wo sie waren und wie sich der Gast zu verhalten hat in einem ihm durch und durch fremden Land. Seit ihrer Abreise fiel ihm der Ritter nämlich zur Last mit seinem ewigen Lied, dass wir nur Gäste auf Erden sind, ganz zu schweigen von den kleinen Bündeln gepressten Strohs, die er auf sämtliche Taschen und Fächer seines aufwändig verpackten Körpers verteilt bei sich trug, und einem Rucksack mit Feuerholz, den er jetzt umständlich öffnete, um die Scheite herauszuholen, die er hin und her schichtete und selbstvergessen gegeneinander rieb, als sei er damit beauftragt, das Feuer zu erfinden.

Doktor Stoliczka wäre das nie passiert, diktierte der Pauschalist. Doktor Stoliczka hätte sich mit Sicherheit zwei Tage vor Weihnachten nicht auf den Bahnhof von Kalkutta verirrt und versucht, zwischen Kühen, Hunden und anderen Tieren ein Feuer anzuzünden, mit dessen Hilfe man sich daran zu erinnern versucht, wie es einmal gewesen ist, als man sich noch in den harmlosen Vorgärten der Kindheit aufhielt, als die Dinge noch gefährlich waren. Vermutlich hat Doktor Stoliczka überhaupt keine Kindheit gehabt und trat ohne jeden Übergang in das wirkliche Leben. Jetzt dagegen ist nichts mehr gefährlich, die Dinge gehen einen ruhigen Gang, sogar in Kalkutta hat sich alles geglättet. Am Bahnhof stehen die Kühe, der Ritter reibt Hölzer gegeneinander und will alles in allem Pfadfinder bleiben.

Was den Ritter betraf, war das wahr. Der Rest war gelogen, denn der Lärm auf dem Bahnhof war beträchtlich, ein einziges Hinundherrennen schwer bepackter Gestalten, die ausnahmslos keine Reisenden waren, sondern gepeinigte Händler und Flüchtlinge, ihr Leben zwischen sich auf Taschen, Koffer und Körbe verteilt, und der Pauschalist, das Diktiergerät zwischen Hemdkragen und Hals geklemmt, fühlte sich unwohl. Er schwitzte. Er träumte schlecht. Schon seit Wochen träumte er schlecht, genau genommen seit jenem Tag, an dem sie ein Schiff bestiegen und Europa verlassen hatten.

Er hatte alles studiert. Die gesamte Geschichte der Kreuzzüge, die unaufhörliche Wiederentdeckung der Kontinente, Ende und Anfang aller Eroberungen, die wahre Natur des Reisens, die Lust der Sammler und Jäger, den Wahn menschlicher Erfindungen, die verzweifelte Notwendigkeit, sich hierhin und dorthin zu bewegen. Nichts, glaubte er, sei ihm fremd geblieben, und sein unaufhörlich wachsender Text lag ihm so nahe, dass er ihn sich beim besten Willen, obwohl er sich gern Frischluft verschafft hätte, nicht mehr vom Herzen reißen konnte, ohne Schaden zu nehmen. Das meiste konnte er schon auswendig hersagen, ohne dass ihm eine lebendige Seele lauschte.

Reden wir also nicht mehr über Doktor Stoliczka, diktierte der Pauschalist, reden wir lieber von etwas anderem, nämlich davon, wie uns Doktor Stoliczka abhanden kam. Nur wer von uns wirklich am längeren Hebel sitzt, ist noch nicht ausgemacht, vermutlich aber er, denn schließlich gibt nach wie vor er unsere Richtung vor.

Neben ihm auf dem Bahnsteig hockte der Ritter und versuchte, ein Feuer in Gang zu halten, das nicht richtig brennen wollte. Er kannte den Text des Pauschalisten in- und auswendig, als wäre in seiner Rüstung Platz für ganze Jahrhunderte schiefen Denkens. Der eine schweigend, der andere unaufhörlich sprechend, hatten sie gemeinsam Europa durchquert, hatten alle Verkehrsmittel der Welt probiert und schließlich ein Schiff nach Indien bestiegen, nachdem man ihnen in sämtlichen Gasthöfen und Hotels des alten Kontinents auf die Frage, ob noch ein Platz frei sei am runden Tisch, beschieden hatte, es seien sogar drei Plätze frei, der Doktor sei aber längst wieder abgereist und habe keinerlei Nachricht hinterlassen, für den einen nicht, für den anderen erst recht nicht. Er sei überhaupt nur sehr kurz da gewesen, habe sich, soweit man das wissen könne, umgeschaut in der Stadt, sich bei Tisch aber niemals blicken lassen, habe immer auf seinem Zimmer gegessen und so gut wie gar kein Gepäck bei sich gehabt.

Oder womöglich doch? Ja, man erinnerte sich an das eine oder andere Stück, an ein kleines, etwa faustgroßes Zelt, eine Lupe, ein Fernglas und an eine Kamera, von der der Doktor behauptet hatte, sie sei etwas ganz Besonderes, wobei niemand verstand, was daran besonders sein sollte, außer dass sie groß und umständlich gewesen sei, eine Kamera, sagte der Rezeptionist in Wien, die man hierzulande nicht mehr benutzt, viel zu groß, viel zu schwer.

Andere erzählten, Stoliczka sei mit einem, womöglich sogar zwei Trägern unterwegs gewesen, wieder andere, er habe einen Tropenhelm und eine Uniform getragen, noch andere, es sei keine Uniform, sondern ein Botanikerkittel gewesen. Der Portier in Budapest behauptete sogar, er sei mit einer Dame gesehen worden, was der Pauschalist für ganz und gar unwahrscheinlich hielt. Ein Kellner des Grand Hotel in Prag dagegen behauptete, Stoliczka habe eine Katze in einem Korb bei sich getragen, den man sich auch gleich einer Kiepe auf den Rücken habe schnallen können. Das sei ihm absonderlich vorgekommen, aber Stoliczka habe gelacht und gesagt, er reise niemals ohne Katze.

Wieder einer sagte, er sei reitend, ein anderer dagegen, er sei radelnd unterwegs gewesen. Nein, er habe einen Fahrer bei sich gehabt, der auf der Zimmerschwelle seines Herrn geschlafen habe wie ein Hund, allerdings habe er jeden Abend die Schwelle gewechselt. Das sei kein Fahrer gewesen, sondern wirklich ein Hund, behauptete ein Zimmermädchen in Lissabon, das, während es die Fenster weit öffnete, die Betten aufschlug und die Handtücher im Badezimmer wechselte, in Erinnerung an den Doktor nicht aufhören konnte zu lachen, worauf der Pauschalist dermaßen in Zorn geriet, dass er einen halben Tag lang damit drohte, die Reise abzubrechen.

Sie seien verabredet gewesen, schrie er und stampfte so heftig mit dem Fuß auf, als wollte er sich mitten entzweireißen, worauf das Zimmermädchen, immer noch lachend, nicht zögerte, ihn darauf hinzuweisen, dass es ihr vollkommen gleich sei, wer dieser Mann sei, wie er heiße und ob er einen Bart trage oder nicht. Denn dieser Stoliczka sei überhaupt nicht von Interesse, habe nie Trinkgeld gegeben, obwohl er behauptet habe, in höherem Auftrag unterwegs zu sein, ein Schmetterlingsforscher oder etwas in der Art jedenfalls, der sich darüber aufgeregt habe, dass man überall jenseits der Grenzen seinen Namen falsch schreibe. Einen Namen übrigens, den er selbst gar nicht richtig habe buchstabieren können, woraus man allgemein schloss, der Mann reise überhaupt unter falschem Namen. In Wahrheit aber, sagte das Mädchen, habe er nichts zu verbergen gehabt, sondern sei einfach ein Wichtigtuer gewesen, eine Art Angler auf der Durchreise, der jedem vormachen wollte, er sei in Forschungsangelegenheiten unterwegs.

In Lille und in London war man anderer Meinung. Absonderlich sei der Mann wohl gewesen, allerdings höflich und unaufdringlich und der Sprachen vollkommen mächtig. Bezahlt habe er immer in bar, jeden Tag einzeln, immer am Vorabend seiner Abreise, sei dann aber am kommenden Morgen doch nicht abgereist. Aber bezahlt ist bezahlt, auch wenn man hierzulande nicht mehr gewöhnt ist, dass die Gäste bar zahlen und dazu auch noch in verdächtig kleinen Scheinen.

Um sich über die Erfolglosigkeit ihres Unternehmens hinwegzutäuschen, hatten sich der Ritter und der Pauschalist in Momenten größeren Zweifels sogar gegenseitig bei der Hand gehalten, denn allen Zweifeln zum Trotz waren sie in derselben Sache unterwegs. Der Ritter mit einem ungeöffneten Brief, während der Pauschalist immerhin eine Fotografie besaß, die allerdings zwei Männer zeigte, von denen der eine wie der andere Doktor Stoliczka hätte sein können. Beide waren nicht schön, aber gut gekleidet. Der eine trug einen Tropenhelm, der andere einen Arztkittel, der eine war bärtig, der andere bebrillt, und beide trugen Gesichter von Eroberern unterwegs zum Gipfel.

Der Ritter legte Holz nach, und der Pauschalist, der ihm vom Pferd aus dabei zusah, wie man frische Kastanien aus dem Feuer holt, spürte zum ersten Mal seit ihrer Ankunft Appetit. Genau genommen hatte er seit Wochen nichts gegessen, denn seit sie in einem Hafen, dessen Namen ihm entfallen war, ein Schiff bestiegen hatten, war etwas in ihm hochgekrochen, ein leises Taumeln, das ihn in große Unruhe versetzte. Zeit seines Lebens hatte er sich gegen den Gedanken der Seekrankheit gewehrt, der ihm wie der Vorbote einer unendlichen Kränkung erschien und ihn mit scharfem Neid gegen den Ritter erfüllte, der an der Reling stand, Begeisterung zeigte und nicht vergaß, die Tiere zu füttern. Eine Möwe, eine Katze, die später spurlos verschwand, und den Hund des Kochs, der sich ausschließlich von der Gnade der mitreisenden Passagiere ernährte und den sie seither nicht mehr losgeworden waren.

Der Pauschalist hasste den Hund. Vom ersten Moment ihrer Begegnung an hatte er ihn gehasst. Der Hund war ihm viel zu lebendig, immer und überall schlich er sich zwischen die Tische, schnappte sich den einen oder anderen Happen und hat, diktierte der Pauschalist, seinen wirklichen Herrn schon vor der Abreise verraten, indem er sich auf die andere Seite schlug. Er hat ihn einfach verlassen, hat einfach die Schwelle gewechselt, wie der Fahrer des Herrn Doktor Stoliczka.

Der Pauschalist war nämlich verliebt in Vergleiche und in das Motiv des Verrats, und so hatte er kurzerhand beschlossen, den Hund in ein Motiv zu verwandeln, wie er sich alles, was ihm zu nahe trat oder auf unbestimmte Weise lästig wurde, unterwarf, indem er es zum Motiv oder Bild erklärte, gelegentlich auch zu einer Metapher oder zu einem Symbol.

Nur blieb in diesem Fall das Verfahren erfolglos, denn der Hund ließ sich beim besten Willen nicht bändigen. Kein Zweifel, der Hund war kein Überläufer, ein Verräter schon gar nicht. Er hatte bei äußerst klarem Verstand die Seiten gewechselt, weil er wusste, dass der Koch ihn nicht als Gefährten mit sich führte, sondern einzig als Vorrat für die Not, als lebendige Nahrung, die beim erstbesten Schiffbruch geopfert würde. Der Ritter dagegen hatte weder Hintergedanken noch Hunger. So hatte der Hund sich ihm angeschlossen.

Schon am dritten Abend ihrer mühsamen Reise sah der Pauschalist die beiden nebeneinander an der Reling im Sonnenuntergang stehen. Sie schauten auf das Meer, und der Ritter fragte: Wie alt bist du? Dreihundert, antwortete der Hund. Dann hast du viel von der Welt gesehen, sagte der Ritter. Nur wenig, antwortete der Hund. Dann möchtest du mehr zu sehen bekommen?, fragte der Ritter. Alles, sagte der Hund. Dann schließ dich uns an, sagte der Ritter. Wohin seid ihr unterwegs?, fragte der Hund. Überallhin, sagte der Ritter. Dann komme ich mit, antwortete der Hund. In diesem Moment ging die Sonne unter, und man läutete zu Tisch.

Hätte er nicht schon im Hafen keinen einzigen Bissen heruntergebracht, spätestens seit diesem Abend wäre dem Pauschalisten alles im Hals stecken geblieben, was der Koch ihnen auftrug. Dabei hätte er sich eigentlich mit dem Koch verbünden müssen, denn während er im Begriff war, seinen Reisegefährten zu verlieren, hatte der Koch seinen Hund längst verloren. Der Koch wusste das genau, denn wenn er ihn verzweifelt bei seinem Namen rief, machte der Hund nicht die geringsten Anstalten, seinem Herrn zu folgen. Stattdessen drehte er sich wie ein Kreisel um die eigene Achse und legte sich dann dem Ritter zu Füßen.

Am Ende wusste der Pauschalist selbst nicht mehr, ob seine Abwesenheit bei Tisch der Seekrankheit oder dem Hund geschuldet war. Jedenfalls war es ihm schon am zweiten Tag nicht mehr möglich, die Messe zu betreten. Beim Anblick der Speisen wurde ihm so übel, dass er sich zweimal auf das weiße Tischtuch erbrach, weshalb er den Rest der Reise halb liegend in seiner Kabine, halb im Wind an Deck zu überstehen versuchte, was ihn fast in den Wahnsinn trieb, denn er hatte begriffen, dass er hier, ohne Aussicht auf Rettung, ohne jede Möglichkeit einer Flucht, dazu verdammt war, weder zu leben noch zu sterben. Ein Zustand, der sich von seinem Leben an Land zwar nur geringfügig unterschied, sich auf dem Schiff jedoch ins Entsetzliche steigerte, zumal niemand sonst die geringsten Anzeichen von Übelkeit oder Beschwernis zeigte und der Kapitän ihm versichert hatte, die See sei ruhig und kein Sturm im Anzug.

Der Pauschalist litt. Er litt so sehr, dass an ein Diktat nicht mehr zu denken war. Er lag in seiner Kabine und bewegte die Lippen, um Worte zu formen, sich an seinen Auftrag zu erinnern, an Doktor Stoliczka, an die Hinweise, die Motive, den ganzen unendlichen Text, der in seinem Kopf durcheinander geriet, nein schlimmer, sich langsam verlor. Er schlief nicht, er wachte nicht, er lag einfach da, das Diktiergerät in der schweißnassen Faust, und träumte in seinem fiebrigen Halbschlaf alles noch einmal von vorn. Die Reise, die Städte und Schienen, die Busse und Bahnen, Pferde, Wiesen und Wälder, Tage und Wochen, Berge und Täler, die ganze sinnlose Wanderschaft durch die Hotelzimmer, das Foto von Doktor Stoliczka, von dem er nicht wusste, welcher es war. War es der mit der Brille, der mit dem Bart, der mit dem Schmetterlingsnetz oder der mit dem Tropenhelm?

Und war der Hund nicht in Wahrheit die Katze? Hatte er nicht an der Reling, vor wie vielen Tagen?, eine Katze gesehen, zwischen Ritter und Hund, und hatte der Hund nicht dreihundert gesagt? Aber warum dreihundert? Mit dem Ritter musste er sprechen, ihn warnen. Nur vor was und vor wem? Der Ritter hatte ihn längst verlassen, war übergelaufen, ein Verräter, genau wie der Hund. Oder war der Koch selbst der Verräter? Und hatte der Kapitän nicht gelogen, die See sei ganz ruhig, kein Sturm sei im Anzug? Wieso verschwamm ihm dann alles vor Augen?

Doch, das Diktiergerät ist noch da, gleich hier in der Faust. Aber wo ist der Text? Die Kassetten, die Schätze, das wortreiche Material. Hatte er sie womöglich dem Ritter anvertraut? War er nicht verpflichtet, dem Auftrag verpflichtet, dem Doktor verpflichtet, alles zu sammeln und zu berichten, alles zu Papier zu bringen? Aufstehen, hingehen, dem Ritter alles entreißen! Schneller sein und der Erste, nicht der Zweite, der Dritte. Aber wahrscheinlich hat sich der Ritter die Kassetten längst in die Rüstung zwischen das Stroh gestopft oder dem teuflischen Hund in den Pelz genäht. Auf den Hund kommt es an, der Hund ist es, den man erwischen muss, das Fell über beide Ohren ziehen, dem Ritter das Fell vor die Füße werfen, da hast du dein Fell, du Verräter!

Doch was ist das Fell gegen den verschlossenen Brief in der Hand eines Ritters? Auf den Brief kommt es an, auf das Wort, nicht das Bild. Aber wo ist die Katze? Wahrscheinlich hat man sie längst samt Fell in die Suppe gesteckt und verspeist. Sie sitzen am runden Tisch in der Messe und rühren die Suppe, der Ritter den Fuß auf dem Hund, als hätte er einen Drachen erschlagen. Der Koch sitzt dabei und hebt freundlich die Kelle. Der Heuchler. Ist noch ein Platz frei am Tisch? Nicht nur einer, gleich drei. Erst steckt man die Katze tief in die Suppe, dann nimmt man die Kelle, fischt hinab auf den Grund und macht sich an die Substanz.

Doktor Stoliczka hätte das nie getan, diktierte das Fieber dem Pauschalisten, dieser harmlose freundliche Herr mit Angel und Schmetterlingsnetz im Wappen. Aber mich täuscht er nicht, ich erwische ihn doch, womöglich in Moskau oder in Brüssel. Verabredet sein, wissen Sie, was das bedeutet, mein Herr? Sie sind nicht gekommen. Aber mich können Sie nicht betrügen, ich habe es auf den ersten Blick gesehen, das ist keine Kamera, auch kein Fernrohr. Man hebt es ans Auge und sieht nichts als Streifen und Punkte, lauter unklare Muster. Sie wollten mich täuschen, mit einem Kaleidoskop betrügen, das ist der ganze Grund für die Wellen, für die Erfindung der Seekrankheit. Dabei haben Sie nie mit eigener Hand einen Fisch gefangen, auch keinen Schmetterling, da bin ich mir sicher. Man kann sich nämlich nicht durch die Welt bewegen, wenn man eine Katze auf dem Rücken trägt.

So träumte der Pauschalist und warf sich im Fieber nach links und nach rechts, in der Faust das Diktiergerät, seinen Schlüssel zur Welt, während der Ritter damit beschäftigt war, die Schnüre, mit denen man den Pauschalisten ans Bett gebunden hatte, immer wieder aufs Neue festzuzurren, denn dreimal hatte der Pauschalist versucht, sich und sein Elend über die Reling zu werfen, weil er zum ersten Mal in seinem Leben entschlossen war zu sterben.

Kümmern Sie sich um Gottes willen um den Mann, bevor es zu spät ist, sagte der Kapitän. Und der Ritter tat, was er konnte, um ihn zu befestigen in der festen und in der beweglichen Welt, im Kopf und am Bett, und wich jetzt nicht mehr von der Seite seines Reisegefährten. Er hielt ihm die Hand, strich ihm die Lippen mit Brühe ein und legte ihm Tücher auf das Gesicht, damit der Pauschalist alles vergessen sollte, das Land und das Meer und vielleicht sogar Doktor Stoliczka und den Hund, der auf den Füßen des Ritters lag.

So fuhren sie dahin, der eine fiebernd, der andere schwitzend, weil der Ritter nicht daran dachte, seine Rüstung abzulegen, obwohl es jeden Tag wärmer wurde. Auch hütete er sich zu sprechen, denn er wollte den Pauschalisten nicht stören in der Unterwelt seiner Träume mit den Geschichten von Doktor Stoliczka, die man sich während der Mahlzeiten in der Messe am Offizierstisch erzählte, wo der Doktor offenbar allgemein bekannt war.

Die ganze Runde, vom Kapitän bis zum Dritten Offizier, bedauerte das Fehlen seiner Gesellschaft. Nicht nur weil er ein unterhaltsamer Esser, sondern vor allem weil er ein unentbehrlicher Kartenspieler war, dessen Name irgendjemand aus unerklärlichen Gründen zwei Tage vor seiner geplanten Abreise von Lissabon weiter nach Indien aus der Liste der Passagiere gestrichen hatte, versehen mit dem schwungvollen handschriftlichen Vermerk: Längst wieder abgereist!

2.

Der Hund hatte sich schon selbst versorgt, das Futter lag auf der Straße. Er steckte seine Nase tief in alles und fiel dem Ritter nicht zur Last. Nebenbei führte er Kunststücke aus Schiffszeiten vor, vielleicht hatte er sie aber auch von woanders, denn er schien weder das Meer noch den Koch zu vermissen. Er schnappte freundlich nach diesem und jenem, alles hätte er aus der Luft geholt, doch es gab nur Kastanien, an denen der Pauschalist sich zweimal die Hand verbrannte, weil er auf einmal nicht nur hungrig war, sondern gierig, als müsse er alles nachholen, was ihm an Bord entgangen war.

Über die Überfahrt verloren sie kein Wort. Sie hatten überlebt, das war alles. Und zusammen mit seinem heftigen

Fieber hatte der Pauschalist auch seine Scham hinter sich gelassen. Er war jetzt wieder ganz obenauf, sprach ungerührt seinen Text und beobachtete den Ritter beim Schwitzen und der Versorgung des Feuers, um das sich bereits eine kleine Gruppe von Tieren und Gästen geschart hatte, die ihre Vorräte aus Beuteln, Körben und Taschen holten und über dem Feuer zu rösten begannen.

Inmitten des Lärms der ein- und ausfahrenden Züge, der rennenden Menschen und schreienden Händler herrschte um das Feuer eine seltsame Ruhe. Aber es war nicht das Feuer, das ihnen die Gäste bescherte, es war fraglos die Rüstung des Ritters, die in der Dunkelheit leuchtete wie eine bewegliche Laterne. Er verteilte nach allen Seiten Kastanien und schnitzte in reinster Turnierlaune kleine Lanzen aus Feuerholz. Als ihm der Vorrat schließlich ausging, zog einer der Herumsitzenden ein Spiel aus der Tasche und legte auf dem Bahnsteig zwischen Kühen und Knochen die Karten aus.

Der Ritter, der von Karten nichts wusste, weil er das Brettspiel allen anderen Spielen vorzog, beobachtete den Vorgang schweigend, aber Doktor Stoliczka, diktierte der Pauschalist, hätte das nie getan, niemals hätte er seine Zeit mit Kartenspielen vergeudet, diesem Spiel eines sinnlos gemischten Zufalls, der nachher angeblich Ordnung ergibt. Denn was für Ordnungen sind das? Sinnlose Reihen und Folgen von Farben, Bildern und Zahlen, die einen Gewinn versprechen, der aus nichts besteht als aus Illusion, aus leblosen Königen, Damen und Buben. So sind die Menschen beschaffen, Karten spielend am Bahnsteig hockend, ohne jemals den Zug zu besteigen. So kommt man nicht voran in der

Welt, so kann man nicht leben, nicht reisen, nur sterben. Ohne Plan, ohne Auftrag, in diesem ewigen Zustand angehaltenen Daseins.

Am liebsten hätte der Pauschalist die Karten gegriffen und ins Feuer geworfen. Er hasste die Karten seit der ersten Nacht ihrer gemeinsamen Reise, wo in einem kleinen Hotel in Wien eine junge Frau sich gleich an der Rezeption dicht an ihn herangedrängt hatte und, indem sie ihm ein paar Karten unter die Nase rieb, rief: Ziehen Sie, mein Herr, ziehen Sie, ich will Ihnen alles zeigen.

Der Pauschalist hatte sich weggedreht, die Frau und die Karten kamen ihm gleichermaßen unappetitlich und unzeitgemäß vor. Aber er konnte sich ihrem Ruf nicht entziehen, da der Ritter längst vor der Frau in die Knie gegangen war, sich dann wieder erhob, sie leicht am Arm fasste und hinübergeleitete in die schmutzige Sesselecke des Foyers, wo er ihr ein Glas Wasser bestellte, eine Geste, die der Pauschalist so überflüssig wie unangemessen fand. Später gerieten sie darüber in Streit, das heißt nicht eigentlich in Streit, denn der Ritter ließ nicht mit sich streiten. Er saß einfach da, das Visier seines Helms heruntergeklappt, und wartete, bis der Pauschalist mit seiner Belehrung zu Ende war.

Denn während dem Pauschalisten die Karten widerlich waren, waren sie dem Ritter bloß gleichgültig. Er saß in der Ecke und schaute von dort aus ungerührt der Frau dabei zu, wie sie ungefragt die Karten auslegte, indem sie sie, fünf hintereinander, mit rascher Entschlossenheit aus dem gelben Stapel zog, weil sie genau wusste, dass der Pauschalist die Karten um keinen Preis selbst angefasst hätte. Dann drehte sie die Karten eine nach der anderen um und zeigte ihm seine Bilder in folgender Reihe: GEDANKEN, BRIEF, KRANKHEIT, EIFERSUCHT, GESCHENK. Doch bevor sie beginnen konnte zu sprechen, legte ihr der Ritter, der zwar nicht die Karten, dafür aber die Gefahr begriff, einen Finger auf die Lippen, und sie verstummte sofort. Dann nahm er die Karten und versuchte zu mischen, was ihm misslang. Lachend griff die Frau nach den Karten und legte dem Ritter seine Reihe wie folgt: BOTSCHAFT, REISE, TREUE, UNVERHOFFTE FREUDE, TOD.

Es liegt, diktierte der Pauschalist, der sich auch jetzt, Wochen später, mit einem genauen Gefühl des Unwohlseins, Bild für Bild an die Reihen erinnerte, nichts in den Karten als die Bosheit derer, die sie uns legen, ihr lächerlicher Wunsch nach Herrschaft, nach Bildern und Macht, nach Bedrohung, Vergleichen und Ordnung, nach Form ohne Sinn. Denn wo wäre darin Erkenntnis enthalten? Aber das war ja nicht anders zu erwarten auf dieser Reise, eine Luft zum Ersticken, weder hier noch in Wien die geringste Bewegung, weshalb Stoliczka Wien verlassen hat und auch wir bald abreisen werden.

Stattdessen blieben sie sitzen und starrten auf das erlöschende Feuer, wie letzte Bewohner auf einer Insel inmitten von einem Meer aus Körben, Säcken und Koffern. Der Pauschalist war nicht wirklich imstande herauszufinden, was ihn lähmte. War es der Lärm, oder war es die Stille? Denn der Heftigkeit jeden Eindrucks zum Trotz erschien ihm alles in weiter Ferne, wie eine Kulisse, die undeutlich verschwimmt, als sei er auf einmal kurzsichtig geworden, als entzöge die Szenerie sich seinem tapferen Willen, zu sehen und gleichzeitig zu begreifen, um wenigstens so zur Ruhe zu kommen. Selbst die Männer, die weiter die Karten warfen, dabei rauchten und mit der Zunge schnalzten, empörten ihn auf unklare Weise.

Kulissenschieber nach Feierabend, diktierte der Pauschalist, wie hingelehnt in die Szenerie, bewegungslos in das Pflaster geschmolzen, als wären sie Schatten kleiner Fakire, Turbane um das Gemüt und die Beine lässig um die Hälse gewickelt, ewig wie abgestorbene Pflanzen, doch jeder ein kleiner Tempel für sich. Wenn sie hin und wieder leise lachten, erschien ihm das wie ein Verrat an dem Bild, als lachten sie nur über ihn, um ihn noch tiefer in die Verwirrung zu stürzen. Wirklich lebendig war einzig der Hund, obwohl er seit Stunden keine Kunststücke mehr aufgeführt hatte und jetzt träumend mit seinen Erinnerungen beschäftigt zwischen zwei kauenden Kühen lag.

Er fürchtete den Hund. Er fürchtete ihn, wie er die Männer fürchtete, die nicht aufhören würden, die Karten zu mischen, wie die Züge, die riesig waren und überfüllt und von denen er glaubte, auch sie seien nichts als Teil der Kulisse, dieser ganzen Illusion von Bewegung, an der er keinen Anteil hatte. Er wäre am liebsten aufgesprungen, in den erstbesten Zug gestiegen, um endlich wieder irgendwohin unterwegs zu sein, doch hielt ihn eine Angst zurück, die an die Überzeugung grenzte, jeder Zug würde sich als Luftschloss erweisen, sobald er den Fuß auf den Einstieg setzte.

Denn in Wahrheit, diktierte der Pauschalist, sind die Züge gar keine Züge, sondern in die Länge gezogene Schiffe, und die Schatten der Schaffner, die in den Türen hängen, werfen riesige Ruder aus und treiben die Maschine voran bis ans andere Ende der Welt. Er sah sich laufen, das Laufen war mühsam, als liefe er knöcheltief durch Wasser, von Bahnsteig zu Bahnsteig, um immer wieder umsonst nach einem der Geländer zu greifen, bis er vollkommen verlassen auf dem letzten Bahnsteig zurückblieb, die Hand in die Höhe gestreckt wie eine Fahne der Ergebung, die sich nur mit letzter Kraft in harmloses Winken umdeuten lässt.

Im Morgengrauen erhob sich der Ritter, um die Tiere zu füttern, die Pferde zu bürsten und dem Hund von irgendwoher einen Schluck Wasser zu verschaffen, während der Pauschalist nicht nach Wasser, sondern nach einer Zeitung verlangte. Seit Tagen hatte er keine Zeitung mehr in der Hand gehabt und fühlte sich bereits nicht mehr mit von der ganzen Partie, denn er liebte Zeitungen über alles, auch wenn er niemals darüber sprach, denn er hielt sich leidenschaftlich bedeckt.

Aber mit einer Zeitung in der Hand, fühlte er, wäre er sicher. Nicht nur durch die Nachricht, den Schlüssel zur Welt, das tägliche Wiedererkennen der Zeit, den Kalendervergleich, die Überprüfung des Datums und der Dinge überhaupt, sondern allem voran durch die herrliche Gewissheit, dass jeden Tag aufs Neue immer noch alles da ist. Die Wörter erstens, die Welt zweitens und drittens die Welt in den Wörtern, diese druckschwarze Wirklichkeit, ohne die wir nichts wissen von dem, was wir sind und was uns geschieht, ohne die wir nicht wüssten, diktierte der Pauschalist, welches Ausmaß das Unglück erreichen kann und dass wir, weil wir das lesen können, auf der Seite der Geretteten sind.

Aber nicht nur das versetzte ihn in gehobene Stimmung. Es war auch der Körper der Zeitung selbst, ihr Geruch, das

Papier, der Rest von Druckerschwärze am Daumen, das leise Rascheln beim Wenden der Seiten, die Größe der Seiten, Schutz und Schild, ein Zaun aus Papier, ein großer gedruckter Augenblick, der sich in allen Städten der Welt beliebig auseinander und wieder zusammenfalten lässt.

Überall hatte er morgens beim Frühstück die Zeitung gelesen, während der Ritter in alten Illustrierten längst abgereister Gäste blätterte, die er auf ihren Zimmern fand. So an einem Tisch sitzend, einer vor dem Angesicht des anderen friedlich verborgen, waren sie eine Zeit lang beinahe ein schönes Paar gewesen, der eine lesend und eifernd, der andere blätternd und murmelnd, der eine verwickelt, der andere vollkommen unberührt, sodass man hätte glauben wollen, der Ritter könne überhaupt nicht lesen, doch das war nicht der Fall, er war nur mit Lesen schon fertig.

Aber der Pauschalist las und geriet gern in Zorn über dieses und jenes. Offenbar sehnte er sich danach, sich hinreißen zu lassen im Eilen von einer Nachricht zur nächsten, und obwohl er wusste, die Wörter sind Wörter, Papier ist Papier, hätte er eines Morgens um ein Haar den Ritter erschlagen, als er ihn dabei erwischte, wie er auf der Straße vor einem Gasthof in Straßburg mit einer taufrischen Zeitung, auf den Tag datiert, die schweißnassen Pferde trockenrieb, mit langsamen Bewegungen vom Hals bis hinunter zum Huf. Er war auf ihn losgegangen wie auf den Feind, hatte ihm die übrigen Seiten aus der Hand gerissen, hatte damit auf die schweißnass bedruckten Körper der Pferde eingeschlagen und geschrien, alles sei ihm jetzt klar, deutlich und offenbar, der ganze Ausbund an Missverstand, die sinnlose Reise.

Er hörte gar nicht mehr auf, zu schreien und zu schlagen. Als wüsste er nicht, was jeder weiß, dass man Zeitungen nicht nur liest, sondern dass man auf ihnen auch schlafen kann, sich ein Zelt daraus baut, Schild und Schirm gegen die Sonne, Dach gegen Regen, sie auf Bänke und Stühle von Vorgängern legt, in Zügen wie auch im Freien, dass man Fensterglas damit reinigen kann, dass man damit Löcher und Risse stopft und dass man, bevor man verhungern muss, die Wörter auch frisst, vor allem anderen aber, dass man das Pferd, das uns trägt, niemals schlägt, sondern dass man es mit Zuneigung, Anstand und Bedacht trockenreibt.

Das tat der Ritter, während der Pauschalist auf ihn einschlug, was dem Ritter die Sprache verschlagen hätte für den Fall, er hätte Sprache gehabt, aber diese Sprache hatte er nicht. Er stand da, in Rüstung, das Visier heruntergeklappt, schwitzend, verwirrt, und legte die restlichen Seiten wieder ineinander in der Hoffnung auf Ordnung. Dann drehte er sich um und ging die Straße hinunter zum nächsten Kiosk, wo er den ganzen Tagesvorrat an Zeitungen aufkaufte, einen riesigen Packen, den er sich zwischen die Schultern legte, um ihn nachher dem Pauschalisten vor die Füße zu werfen wie einen Fehdehandschuh.

Beide taten am Ende so, als sei die Sache vergessen. In Wahrheit war der Handschuh aber nur liegen geblieben auf der Straße zwischen Straßburg und Kalkutta, wie eine Karte, die vorübergehend verschwindet und trotzdem im Spiel bleibt, denn nichts, hätte der Pauschalist diktieren müssen, gesetzt den Fall, er wäre aufrichtig gewesen, nichts kann wirklich in Vergessenheit geraten. Alles bleibt im Spiel, Freundschaft wie Feindschaft, sogar ein Handschuh auf der Straße von Straßburg, weil am Ende alles, jede Karte, jeder

Handschuh und auch der kleinste Anflug von Zuneigung und Abneigung Teil der Geschichte werden muss, und wenn unterwegs trotzdem etwas verloren geht, ist es der Feigheit geschuldet und nicht mangelnder Erinnerung.

Aber jetzt, eine Zeitung in der Hand, auf den zweiundzwanzigsten Zwölften datiert, dachte er nicht mehr daran, sondern vertiefte sich entzückt in die Geschichte eines Wärters im Zoo von Kalkutta, der offenbar in die Fänge eines Tigers geraten war.

Nicht ganz klar sei, las der Pauschalist, ob der Mann betrunken oder einfach unzurechnungsfähig gewesen sei, jedenfalls habe er sich in einem Anfall von Opferwahn in den Wassergraben gestürzt, sei zum Tiger hinübergeschwommen und habe Anstalten gemacht, das Tier weihnachtlich zu schmücken. Denn das, diktierte der Pauschalist, ist in diesem seltsamen Land oft üblich, da wird im Menschen ganz unvermutet der Wunsch nach Girlanden wach. Er will dekorieren, verschönen, den Eifer in die Gestaltung legen. Genau wie wir, wenn wir unsere Geschichten aus fernen Ländern erzählen, die immer nur jene Geschichten sind, die andere von uns hören wollen, nie sind es die eigenen, nie ist es das, was wir sagen wollen.

Die Dunkelheit drängt den Menschen zur Tat. Doch warum muss es ein Tiger sein? Denn nicht, dass der Tiger ihn suchte und wollte, nichts rührt und berührte den Tiger am Wärter, er blickte nicht einmal zu ihm hin. Doch siehe, der Wärter singt, er winkt, muss unumstößlich zum Tiger hinüber, steigt hinab in den schmutzigen Graben und reißt sich das Hemd noch schwimmend vom Leib. Das andere

Ufer! Kaum drüben, begreift er mit süßem Entsetzen, er hat über der Tat die Girlande vergessen. Was tun? Er selber muss jetzt Girlande werden, den Tiger umarmen, ergreifen, umfassen. Und weil das nun unvermeidlich ist, muss die Natur des Tigers erwachen. Auch er greift, diktierte der Pauschalist, jetzt zu und erfasst die Kreatur, den ganzen Mann, seinen eigenen, seinen einzigen Wärter, mit Sinn und Tatze und Pranke!

Der Tag war lieblich und staubig, Weihnachten stand vor der Tür, und der Ritter betrat in Begleitung seines Hundes den Zoo von der Südseite her. Viel sah er nicht unter seinem Visier, aber das Schreien der Menge vom Wassergraben her sammelte sich unter seinem Helm und dröhnte wie eine Glocke in seinen Ohren, und er gab seinem Pferd die Sporen. Der Wassergraben war nicht sehr tief, tief genug allerdings, dass der Ritter Mühe hatte, ihn zu durchreiten. Der Boden war so schlammig, dass das verzweifelte Tier immer wieder auszurutschen drohte, weil es sich wieder und wieder auf die Hinterhand stellte.

Und während der Hund längst schwimmend das andere Ufer erreicht hatte, warf das Pferd in seinem Entsetzen schließlich den Reiter ab, und der Ritter musste zu Fuß weitergehen. Das Wasser stand ihm jetzt bis zum Hals, und die Rüstung behinderte ihn in der Bewegung auch, weil ihm das Wasser links und rechts durch die abgenutzten Scharniere in den Panzer strömte. Die Menge am Wassergraben schrie, stampfte und winkte, aber der Ritter sah nicht nach links und rechts und auch nicht zurück, nur nach vorne hinüber zu der kleinen Insel, auf der der Tiger, der noch immer den

Wärter fest zwischen den Pranken hielt, jetzt Auge in Auge stand mit dem Hund.

So standen sie da, der Hund und sein Tiger, bewegungslos wachsam, einer vertieft in den Blick des anderen, als blickten sie in einen Spiegel gemeinsamer Erinnerungen, frei und gezähmt der eine, gefangen und wild der andere. Die Luft steht still, und die Zeit steht still, sogar die Menge am Wassergraben verstummt, als der Ritter das andere Ufer erreicht, die Rüstung voll Wasser, das in kleinen Strömen an seinem Körper hinunterlief, was ihn nicht weiter zu kümmern schien, denn er zögerte keinen Moment, dem Brauch zu folgen und die Girlande aus seinem Panzer zu ziehen, um den Tiger zu krönen und zu schmücken, wie es zu Weihnachten üblich ist.

Erst als sie wieder am anderen Ufer angekommen waren, der Ritter, sein Hund und der Wärter, den der Ritter auf seinen Schultern durch den Schlamm getragen hatte, erwachte der Wärter aus seinem Traum. Und es ergriff ihn blankes Entsetzen, denn er hatte geglaubt, er hätte schon alles hinter sich. Aber jetzt lebte er wieder und musste noch einmal von vorne anfangen. Er warf sich dem Ritter vor die Füße und rief: Jetzt musst du mich mitnehmen, ich werde dir folgen, wohin du auch gehst. Denn du hast mir das Leben gerettet, was hierzulande nicht üblich ist.

Der Ritter hob ihn freundlich auf, lachte und sagte: Zeig mir, wie man aus dieser Stadt herauskommt, ohne Schaden an seiner Seele zu nehmen. Nichts leichter als das, rief der Wärter, und der Ritter setzte ihn vor sich aufs Pferd. Sie verließen den Zoo durch den Nordausgang. Vorneweg lief der Hund.

3.

So kehrten sie von ihrem Ausflug zurück, vorneweg der Hund, dahinter der Ritter, vor sich auf dem Pferd den Wärter, alle vier vollkommen durchnässt. Das Feuer war längst erloschen, weil der Pauschalist nicht wusste, wie man ein Feuer unterhält, und nur zum Schein mit den Resten der Zeitung die Asche befächelte. Aber es war nach wie vor heiß und stickig, die Kleider trockneten wie von selbst. Abgesehen davon trug der Wärter nichts als eine gelbe Hose, die in der hereinbrechenden Dunkelheit leuchtete wie eine Fackel.

Der Pauschalist begriff sofort, dass man den Mann bedecken musste, denn er konnte den Anblick spärlich oder schlecht gekleideter Menschen nur schwer ertragen. Er zog ein frisch gebügeltes Hemd aus seinem Gepäck hervor und drückte es dem Wärter in die Hand mit dem knappen Hinweis, er solle sich anziehen, denn so, ohne Hemd, könne man weder essen noch reisen.

Der Wärter nahm wortlos das Hemd des Pauschalisten und zog es sich über den Kopf. Es passte wie angegossen. Nur gegen den Kragen hin verlor sich die Form, weil der dünne Hals des Mannes seltsam steil und steif daraus hervorwuchs. Aber vielleicht, dachte der Pauschalist, während er ihm beim Zuknöpfen zu Hilfe kam, müsste er nur gefüttert werden, dann wäre der Kragen schon passend.

So kleidete er den Wärter ein für die Reise, aber er zögerte, den Mann nach seiner Geschichte zu fragen, denn er war ihm unheimlich. Weniger wegen der Hose als wegen seines unbändigen Opferwillens, vor allen Dingen aber wegen seiner Launenhaftigkeit, dieser Art, erst aufs Ganze zu gehen, dann aber plötzlich mit leeren Händen dazustehen.

Auch hatte er, fand der Pauschalist, sein Leben mit zu großer Geste von sich geworfen, um es dann einfach wieder aufzuheben wie ein zufällig zu Boden gefallenes Taschentuch.

Je länger er darüber nachdachte, desto mehr bereute er, ihm das Hemd gegeben zu haben, aber er hatte es getan, weil er dem Ritter das schuldig war, denn der Ritter hatte ganze Arbeit geleistet, während er, eine Zeitung in der Hand, am Bahnsteig die Zeit totgeschlagen hatte. Er war nicht besonders erfolgreich gewesen, denn die Mücken waren überall, er war von oben bis unten zerstochen und beneidete den Ritter um seine Rüstung, weil er vor den Mücken wie vor der Zeit in Sicherheit war.

Er fühlte sich unwohl. Er schwitzte. Das Diktiergerät zwischen Hals und Hemd, bereute er einen Moment lang sogar, nicht dabei gewesen zu sein, als der Ritter den Zoo von der Südseite her betreten hatte. Er selbst hatte seit Jahren keinen Zoo mehr von innen gesehen. Zoologische Gärten waren ihm zuwider. Er hielt sie für vollkommen unzeitgemäß, vor allem aber, was schwerer wog, für eine Quelle unendlicher Traurigkeit, für ein verstaubtes Museum der Kindheit. Und wie sentimental und verquält muss man sein, diktierte er, um wieder und wieder dorthin zurückzukehren, wo an unserer Stelle das Tier in der Fremde hockt in seinem vergitterten Haus, hinter witzlosen Mauern, in Burgen und auf kleinen künstlichen Inseln, von lauwarmen Wassergräben umgeben, die man jederzeit unschwer durchwaten kann.

Und trotzdem, das spürte er genau, wäre er dieses eine Mal doch gerne mit von der Partie gewesen. Aber er hasste es, den Mann in der zweiten Reihe zu spielen, während der Hund immer vorneweg lief und wusste, was zu tun war, was ihm einen stechenden Schmerz in der Brustgegend hervorrief, den er nur mit Not unterdrücken konnte, denn während ihrer kurzen Abwesenheit hatte er begonnen, den Ritter zu vermissen. Sogar den Hund hatte er vermisst, weil er wusste, dass, wo der Hund war, auch der Ritter nicht weit sein konnte, so wie es ihn quälte zu wissen, dass, wo der Ritter war, auch der Hund nicht weit war.

Der Hund hatte ihm den Ritter streitig gemacht, was ihn erst verletzt und später verwirrt hatte, weil er unterwegs mehr als einmal geglaubt hatte, alles würde sich günstig beschleunigen, wenn es ihm erst gelänge, sich von dem Ritter zu trennen. Aber er konnte sich nicht trennen, nicht von der unumstößlichen Langsamkeit des Ritters und schon gar nicht von der gefährlichen Langsamkeit des Herrn Doktor Stoliczka, der vermutlich, wie ihm plötzlich durch den Kopf schoss, und ihm wurde ganz heiß bei dem Gedanken, gleichfalls ein Zoobesucher war, auch wenn er Botanikerkittel trug.

Ja, war es nicht sogar möglich, dass Stoliczka an jenem staubigen Morgen des zweiundzwanzigsten Zwölften selbst unter den Besuchern am Wassergraben gestanden hatte? Das weiße Hemd fleckenlos, das Schmetterlingsnetz über der Schulter, den Blick starr und unbestechlich auf die Szenerie gerichtet und vor dem Gesicht die schwere Kamera aus Wien, damit ihm nichts entging, nicht das kleinste Detail. Alles hatte er festgehalten, den Tiger, den Wärter, den wilden Ritt des Ritters durch das Wasser, die Krönung des Tigers durch die Girlande. Ganz Auge und Wissenschaft, hatte er mit keiner Wimper gezuckt, auch dann nicht, als der Schlamm, den das Pferd hochschlug, ihm auf die Spitzen seiner Wanderstiefel spritzte, denn es war nicht der erste Tiger, den Stoliczka ins Visier nahm auf seiner Reise zum Gipfel.

Während er selbst immer noch am Bahnhof von Kalkutta saß, anstatt endlich die Gelegenheit beim Schopf zu fassen, das Prinzip zu begreifen, dass Stoliczka in diesem Spiel der Igel, er aber nichts als der Hase war, dass, während er lief, der andere still stand und sich auf unheimliche Weise verdoppelte, wenn nicht sogar verdrei- und vervielfachte. Denn wie sonst konnte es sein, dass er nirgends gewesen war, Stoliczka dagegen überall, Doktor Stoliczka, der niemals flog und ihn dazu zwang, wieder und wieder den Wunsch in sich niederzukämpfen, im Handumdrehen das nächste Flugzeug zu besteigen, um im Naturhistorischen Museum von Wien noch einmal von vorn anzufangen. Wollte er den Gesetzen der Angemessenheit folgen, würde er ihn nur dann ausfindig machen, wenn er sich seiner Bewegungsart, in welche Richtung auch immer, anpasste, und sei es, dass sie zu Fuß gehen mussten.

Natürlich, es hätte tausend Gründe gegeben, die Sache weniger ernst zu nehmen, und weitere tausend Gründe, Doktor Stoliczka ein für alle Mal aus seinem Bewusstsein zu streichen. Gründe, die der Ritter niemals erwog, weil ihm, um seinen Weg ungerührt fortzusetzen, ein einziger Grund genügte. Der Brief nämlich, den er bei sich trug, wobei der Pauschalist nicht wusste, wo er ihn eigentlich aufbewahrte, denn gezeigt hatte der Ritter ihm den Brief nie. Er hätte ihn gern nach dem Brief gefragt, war aber zu stolz dazu und hatte seine Neugier damit gezügelt, sich einzureden, dass der Brief ihn nicht wirklich interessiere, dass der Brief vielleicht nur Erfindung sei, bloß ein Vorwand des Ritters, um sich ihm anzuschließen, und wenn das nicht, weil Vorwände nicht Art des Ritters waren, zumindest nichts als Einbildung.

Womöglich galt das auch für den Wärter, der vermutlich nichts anderes war als ein Produkt seines unruhigen Geistes. Denn je schärfer er ihn jetzt ins Auge fasste, desto vager und undeutlicher kam er ihm vor, und das nicht nur wegen des seltsam flatternden Kragens. Im Übrigen erwies er sich als hilfreich und nützlich, denn alles gelang ihm unter den Händen mit einer so großen Leichtigkeit und Schnelligkeit, dass der Pauschalist ihm entzückt dabei zusah, wie er die Pferde bürstete, tränkte und sattelte, eine Verrichtung, für die der Ritter sonst einen halben Tag brauchte, wie er dann Wasser und Proviant aus der Luft griff, um schließlich für wenige Augenblicke zu verschwinden und mit ein paar Strohmatten und zwei kleinen Zelten zurückzukehren, die er in einem größeren Korb unterbrachte, den man sich auch gleich einer Kiepe auf den Rücken schnallen konnte.

Indem er ihm bei seinen Verrichtungen zusah, geriet der Pauschalist mehr und mehr in Aufbruchstimmung und beschloss sogar, sich vor der Abreise zu rasieren. Während er sich rasierte, ergriffen ihn unbändiges Reisefieber und Reiselust, was ihn verblüffte und beglückte. Er verstaute das Diktiergerät und machte sich daran, die Feuerstelle aufzuräumen, nicht um dem Ritter zur Hand zu gehen, sondern um ihn überhaupt in Gang zu bringen, denn der Ritter saß reglos vor dem Häufchen mit Asche und machte nicht die geringsten Anstalten, seine Sachen zu packen.

Doch dann wollte auch der Hund nicht mehr bleiben, weil alles zu sehr nach Aufbruch roch. Auch weil der Pauschalist schon hoch zu Ross saß und weil das Tier des Ritters, das ein gutes Gedächtnis hatte, sich vom Wärter nicht die Steigbügel halten ließ. Und der Ritter erhob sich. Er war schon im Begriff, sein Pferd zu besteigen, als er sich plötzlich noch einmal umdrehte, an die kalte Feuerstelle zurückkehrte, leicht in die Knie ging und mit einer raschen Bewegung seinen Handschuh durch die Asche zog. Dann erwies er ein letztes Mal den Kühen die Ehre und stieg auf.

Gegen Mitternacht erreichten sie das andere Ende der Stadt, und der Wärter gab ihnen zu verstehen, dass hier fürs Erste die Reise beendet sei. Aber der Pauschalist saß gut und fester im Sattel denn je, und der Gedanke, hier an der Grenze, am anderen Ende der Dunkelheit, das Lager aufzuschlagen, missfiel ihm. Außerdem, gab er zu bedenken, sei es sowieso viel zu heiß zum Schlafen, man könne genauso gut weiterreiten. Doch der Wärter ließ nicht mit sich handeln.

In Wahrheit konnte es dem Pauschalisten plötzlich nicht schnell genug gehen. Er war wie besessen von der Idee des Reitens, als hätte er auf einmal die Schönheit der Zwecklosigkeit entdeckt, denn er hatte längst nicht mehr die geringste Ahnung, wo sie sich befanden, vor allen Dingen aber, wohin sie eigentlich unterwegs waren. Er hatte jede Orientierung verloren, und das störte ihn nicht im Geringsten. Ganz im Gegenteil beflügelte ihn die Vorstellung, aus dem Nichts heraus in ein Nichts hinein unterwegs zu sein, und er wollte diese herrliche Stimmung auskosten, weil er ahnte, dass sie nicht lange anhalten würde, wahrscheinlich nicht länger als bis zum Sonnenaufgang. Genau dahin wollte er reiten, am liebsten ununterbrochen und vor allem allein.

Aber er ritt nicht. Er blieb. Und es war nicht der Ritter, der ihn hielt, sondern der Wärter, der längst die Matten aus dem Tragekorb geholt hatte, denn er war nicht zum ersten Mal in die Berge unterwegs. Er kannte die Gegend besser als sonst jemand und hatte schon ganz andere Leute geführt, Leute, die allerdings wussten, wohin sie unterwegs waren, die einen Plan und ein Ziel vor Augen hatten, die ihre Kräfte einteilen konnten und nicht ohne Sinn und Verstand nachts in der offenen Landschaft herumritten.

Um ihm das zu sagen, verlor der Wärter kein Wort. Das meiste war mit ein paar Gesten geklärt, der Rest lag in seinem Blick. Und so blieben sie sitzen in der schweren Luft, in der sich einzig der Wärter bewegte wie ein Fisch im Wasser. Was schließlich, diktierte der Pauschalist, kein Wunder ist bei einem Mann, der sein halbes Leben unter Tieren verbracht hat, worin man deutlich und klar das ganze Maß an Unverstand und Weltverlust sieht. Selbstverständlich ist dieser Mann nie in den Bergen gewesen, er weiß nicht einmal, wie man ein Feuer macht, und menschliche Nahrung verachtet er. Aus so einem Mann kann nichts werden, er muss ganz natürlich den Verstand verlieren und wirft sich am Ende den Tieren entgegen, weil er von Menschen nichts weiß.

So steht er auch da und spottet jeder Beschreibung, den schmächtigen Leib in die Hose gewickelt und darüber ein Hemd, von dem jeder schon von weitem erkennt, dass es nicht das eigene ist. Diese ganze geliehene Gestalt! Und so ein Mann will ein Führer sein, mit knapper Not einem Löwen entronnen. Eine schöne Geschichte, oder war es ein Tiger? Vielleicht auch nur eine Katze. Denn vom Tiger zum Haustier ist es nur ein kleiner Schritt, man weiß ja, ein Gang vor die Haustür, ein Flug von wenigen Stunden, und von Schrecknissen kann keine Rede mehr sein. Wie überhaupt gern übertrieben wird, diktierte der Pauschalist, vor allem kurz vor Weihnachten.

Schlaflos saßen sie da und konnten sich nicht trennen, der Ritter von seinem Feuer nicht, der Hund von seinem Ritter nicht, und der Pauschalist hatte sich so sehr in sein grimmiges Nachdenken über den Wärter vertieft, dass keinem von ihnen aufgefallen war, dass der Mann selbst längst im Begriff war, sich vor ihren Augen in Luft aufzulösen. Erst als der Hund plötzlich unruhig zu werden begann und leise knurrte, hob der Ritter den Kopf. Er hob sogar das Visier, während der Pauschalist auf die Füße sprang und zu laufen begann.

Aber es schien schon fast nicht mehr möglich, die fliehende Gestalt einzuholen, die oben noch immer sein Hemd trug und unten wie eine Fackel leuchtete, als stünde die Hose in Flammen. Jedes Mal wenn der Pauschalist glaubte, er habe sie jetzt erreicht und bekäme sie gleich zu fassen, schlüpfte ihm alles schattenhaft durch die Finger oder schlug einen Haken. Und der Hund, von dem er sich, Feindschaft zum Trotz, Hilfe erhoffte bei dieser sinnlosen Jagd, drehte sich unaufhörlich wie ein Kreisel um die eigene Achse, winselnd und knurrend das Fell gesträubt.

Der Ritter tat nichts. Er sah ohne jedes Anzeichen von Anteilnahme dem Pauschalisten dabei zu, wie er rasend im

Kreis lief, Ich fass dich, ich krieg dich!, schrie und nach dem leuchtenden Schatten schnappte, der ihm voraus in Zickzackbewegungen über den harten Boden halb rollte, halb sprang, über sich selbst hinwegstürzte, sogar zu fliegen schien, bis er für Bruchteile von Sekunden die Füße wieder auf den Boden setzte, einen Moment lang verharrte, dem Pauschalisten das Gesicht zugewandt, wobei es schien, als lache er, und nicht genug damit, als strecke er sogar lockend seine Arme nach ihm aus, um ihn zu berühren, zu fassen und mit sich hinab in die Büsche zu ziehen, um dann weiterzurennen und hinter den Büschen zu verschwinden.

Und so rannten sie weiter, immer im Kreis, wobei am Ende nicht mehr auszumachen war, wer wem auf den Fersen war, der Pauschalist dem Wärter oder dieser dem Pauschalisten, in dessen Zügen sich Angst und Schrecken malten, bis er am Ende so außer Atem war, dass er fast zu Boden stürzte. In diesem Moment machte die Gestalt einen Satz nach vorn zwischen die Zelte, wo der Tragekorb stand, riss den Deckel des Korbes nach oben und sprang in den rettenden Abgrund der Kiepe.

Erst im Morgengrauen fand der Pauschalist den Mut, den Deckel des Korbes zu öffnen, auf dessen Grund wie eine leere Haut sein Hemd lag.

4.

Er zögerte keine Sekunde, sein Pferd zu besteigen, um die Erinnerung an die Nacht und den Platz zu verlassen. Er ritt in eine Richtung, die er für Norden hielt, aber er fühlte, dass er nicht mehr derselbe war. Er war nicht mehr jener

Reiter, von dem er am Vorabend noch geträumt hatte. Der Sattel saß schief, die Gurte ließen sich nicht richtig festziehen, und das Pferd war träge und störrisch. Es hatte sogar versucht, ihn noch im Aufsteigen wieder abzuwerfen, und ließ sich überhaupt nicht in Gang bringen.

Außerdem schwitzte er. Seine Augen waren stumpf wie Steine, in denen sich überhaupt nichts spiegelt, weder der Weg noch ein Gedanke. Außer dem einen. Und je mehr er das Tier antrieb und je weniger es laufen wollte, desto lauter hämmerte in seinem Kopf der eine Gedanke, den er, seit er den Deckel des Tragekorbes geöffnet hatte und sich Auge in Auge mit seiner leeren Hülle gefunden hatte, nicht mehr loswerden konnte: Doktor Stoliczka wäre das nie passiert!

Wieder und wieder zerlegte er ihn in seine Einzelteile, seinen einzigen Gedanken, die erste und deutliche Nachricht von Doktor Stoliczka, der seit Wochen keine Nachricht hinterlassen hatte, der genau genommen noch nie eine Nachricht hinterlassen hatte und ihn an der Nase herumführte mit seinen undurchsichtigen Verabredungen, die er nicht einhielt, und mit seinen Treffpunkten, an denen er niemals erschien.

Weder in Brüssel noch in Moskau, noch in Madrid hatte er sich blicken lassen, weder in der Bibliothek in Prag noch im Naturhistorischen Museum von Basel. Alles war nach seinen Wünschen vereinbart gewesen, aber gekommen war er nie, und das alles, der ganze Aufwand, um jetzt hier, zwischen Kalkutta und dem Nichts, plötzlich aus einem lächerlichen Korb zu ihm zu sprechen.

Dem Pauschalisten war das unheimlich, wie der Wärter, der erst ein Wärter, dann ein Heiliger und schließlich ein

Führer sein wollte und sich dann zur Strafe in Luft aufgelöst hatte, um sich an dem Ritter zu rächen, weil der Ritter ihn nicht hatte sterben lassen. Aber vielleicht konnte der Mann gar nicht sterben, sondern war stattdessen auf ewig dazu verdammt, ständig von hier nach dort zu verschwinden und hier wie dort seine wechselnden Ämter zu bekleiden.

Aber er hatte gesprochen. Oder hatte Doktor Stoliczka selbst gesprochen? Und wenn Doktor Stoliczka aus einer Kiepe sprach, konnte er dann nicht ebenso gut jetzt, gleich hier, seelenruhig vor ihm auf die Straße treten, das Schmetterlingsnetz über der Schulter und die Kamera vor dem Bauch, als wäre das selbstverständlich? Und er würde sagen: Mein lieber junger Mann, schön Sie zu treffen, ich warte schon seit Wochen auf Sie. Man sagt mir, Sie wollen mich sprechen, denn wie ich höre, sitzen Sie an einer größeren Arbeit über mich. Und dass ihm das sehr gefalle, würde Doktor Stoliczka sagen, und dass er bereit sei, ihm in aller Ruhe, gleich hier bei Tee und im Zelt, alle offen gebliebenen Fragen zu beantworten, ein paar zum Leben, ein paar zum Werk.

Nein, genau das würde er nicht sagen, denn das hatte er nicht nötig, abgesehen davon, dass es ihm auch nicht gefallen würde, dass jemand gekommen war, um ihn in seinen felsenfest eingespielten Arbeitsabläufen zu behindern.

Es war sogar überdeutlich, wie gestört er sich fühlte. Und der junge Mann, der, wie der Doktor bei genauerem Hinsehen sofort feststellte, überhaupt nicht mehr jung, sondern erstaunlicherweise viel älter war als er selbst, fünf Jahre mindestens, dieser auf lächerliche Weise vorzeitig gealterte

Schüler war ihm lästig mit seinen Fragen, die allesamt verrieten, dass er sich zwar mit allem Möglichen befasst hatte, allem voran aber mit sich selbst, folglich mit nichts wirklich vertraut war, von der Beschaffenheit der Dinge also nicht die geringste Ahnung hatte.

Vor allem fehlte ihm jedes Unterscheidungsvermögen, weshalb er sich in Entschuldigungen verstrickte, zu stottern begann und dem Mann erklärte, er habe noch ein paar Kleinigkeiten zu tun gehabt drüben in Europa, dies und das habe ihn aufgehalten, denn am Anfang habe er ganz auf die Museen gesetzt in dem Glauben, das Entscheidende kläre sich dort und mache daher ein Treffen womöglich überflüssig, denn er wisse natürlich, dass er, Stoliczka, keine Zeit zu verlieren habe. Worauf Stoliczka lachte, die lange Stange, an welcher das Schmetterlingsnetz hing, lässig in den indischen Boden schob und, indem er sich leicht darauf abstützte, sagte: Niemand hat Zeit zu verlieren, und das Eigentliche klärt sich niemals im Museum, sondern immer vor Ort, das wissen Sie doch. Dann zog er das Schmetterlingsnetz wieder aus dem Boden, nickte ihm zu und verschwand in den Büschen.

Der Pauschalist stand wie vom Donner gerührt da. Wie, fragte er sich, hatte ihm das passieren können? Wer war er, den flüchtigen Belehrungen eines Mannes zu lauschen, dem er seit Wochen von einem Hotel zum anderen hinterhergerannte? Einem Mann, der ihn hundertmal versetzt hatte, einem Mann, der gegen die elementaren Gesetze der Höflichkeit verstieß, weil er einzig und allein an sich und seine eigenen Gesetze glaubte. Wie kam dieser Mann dazu, ihn hier auf einer kleinen Lichtung am Stadtrand von Kalkutta zur Rechenschaft zu ziehen, dieser Mann, der seine Zeit jagend und sammelnd in den Büschen und Bergen verbrachte, der vollkommen aus der Zeit gefallen war und sich schamlos in die Natur stellte mit einem Schmetterlingsnetz über der Schulter, eitel vom Scheitel bis zur Sohle, wie in der ständigen Erwartung, fotografiert zu werden?

Für wen hielt sich dieser Mann, der im Übrigen genauso aussah, wie der Pauschalist ihn sich vorgestellt hatte, obwohl er keinem der beiden Männer auf dem Foto glich, denn er trug weder Bart noch Brille. Und was, um Gottes willen, hinderte ihn daran, sein Pferd in die Büsche zu treiben, dem Mann nachzusetzen und ihm die Pistole auf die Brust zu setzen, nein, viel besser, ihn aus dem Buschwerk zurück auf die strahlende Lichtung zu zerren und, wenigstens der Form halber, zu fordern, um gleich hier, wo er stand, das Geschäft ein für alle Mal zu erledigen und seine Seelenruhe wiederherzustellen?

Die Waffen, sagte der Pauschalist laut und deutlich, und das Pferd spitzte die Ohren, die Waffen wählen übrigens Sie, ich lasse Ihnen gerne den Vortritt. Angelrute und Schmetterlingsnetz, Lupe oder Gewehr, ich beherrsche sie alle, bin mit allen vertraut, habe mich oft genug geschlagen, im Freien wie auch in geschlossenen Räumen, an Tischen, am offenen Feuer. Die Jahreszeit interessiert mich nicht, ich schlage mich bei jedem Wetter, die Gelegenheit kommt nicht wieder. Und was die Sekundanten betrifft, sie werden sich finden. Ein Wärter oder Träger kommt immer vorbei, sie kommen sogar wie gerufen und werden sich gegen ein kleines Entgelt nicht lange bitten lassen.

So viel war klar, der Mann hatte ihn gekränkt. Nicht nur

hatte er ihn versetzt, er hatte sich, was viel schlimmer war, dafür nicht entschuldigt. Er hatte nicht einmal nach seiner Arbeit gefragt, zum Beispiel, welcher Art und welchen Charakters sie sei, ob er für eine Zeitung schreibe oder ob er womöglich auch an eine kleinere Publikation größeren Ausmaßes dachte, an eine Art Biographie, und ob die Arbeit vielleicht den einen oder anderen wissenschaftlichen Aspekt enthalte, denn das tat sie tatsächlich, oder ob er, Stoliczka, vielleicht nur Teil einer Reihe sei, Exempel unter anderen Exempeln.

Das wird allerdings unvermeidlich der Fall sein, mein lieber Doktor, rief der Pauschalist, und seine Stimme hatte für Momente einen Unterton von Triumph, denn Sie wissen ja, dass der Platz immer begrenzter wird, alles drängt herein heutzutage und nichts mehr hinaus, ein einziges Schieben, Zerren und Reißen, was die Arbeit insgesamt für uns alle nicht eben erleichtert. Das wissen Sie so gut wie ich, aber für einen Paragraphen, einen Hinweis oder eine Fußnote am Ende wird es schon reichen, dafür werde ich sorgen, auf mich können Sie sich in dieser Sache verlassen, deshalb bin ich ja hier.

Aber nichts von dem hatte Stoliczka hören wollen. Stattdessen meinte der Pauschalist neben sich eine Stimme zu vernehmen, die mit heiterer Häme rief: Und wer zahlt das alles? Und er spürte, wie ihm aller wilden Entschlossenheit zum Trotz der ganze Auftrag so gründlich verschwamm, dass er sich fragte, wie er überhaupt jemals auf die Idee hatte kommen können, auch nur eine einzige Silbe über diesen Mann zu Papier zu bringen, der ihm fremder war als der ganze Subkontinent zusammengenommen.

Vor allem mischte sich in seine trüben Zweifel die bohrende Erinnerung daran, dass gar nicht er selbst es gewesen war, der Stoliczka auf die Spur gekommen war, sondern jemand anderes. Seine Schwester vermutlich, die ihn eines Tages mithilfe ihrer schwungvollen und zweifelsfreien Handschrift auf einer Postkarte aus irgendeiner Hauptstadt Europas auf den Mann angesetzt hatte, mit dem leichtfertigen Hinweis, sie habe eine interessante Bekanntschaft gemacht, hier sei noch etwas zu holen, der Doktor sei eine so merkwürdige wie unbekannte Größe, das lasse sich noch mit Aussicht auf Erfolg bearbeiten inmitten dieser endlosen Flut von Betrachtungen und Erinnerungen.

Von dem ganzen erschöpfenden Rest dagegen wollte seine Schwester auch in den Weihnachtsferien nichts hören, während er nicht müde wurde, ihr das ganze Elend seiner Arbeit zu schildern. Es regne das alles Tag für Tag ohne Gnade, ohne Unterschied in den Jahreszeiten auf ihn herunter, nur ein undeutliches Gefühl von Verpflichtung zwinge ihn zu lesen, bis sich eines Tages der grässliche Zweifel in ihm breit gemacht hatte, alles, was er läse, sei von zweifelhaftem Nutzen und es sei vielleicht besser, alles im Keim zu ersticken. Die Papiere, die Aufzeichnungen, die Kassetten, die er immer wieder von vorne abschrieb und in die passende Form zu bringen versuchte, um am Ende darauf zu stoßen, wie unschön die Form war und wie nichtig der Inhalt, weshalb er fand, er müsse sich nicht dafür entschuldigen, dass er jedes Jahr zu Weihnachten immer noch ergebnislos bei Tisch saß und sich unwiderruflich zum Gespött seines Vaters machte.

Aber seine Schwester hatte gelacht, obwohl er ihr immer

wieder standhaft von vorne erklärt hatte, das Thema interessiere ihn nicht. Eine kleine biographische Notiz sei vielleicht denkbar, aber insgesamt sei die ganze Geschichte unergiebig und unzeitgemäß. Er hasste diese übrig gebliebenen Persönlichkeiten, die weder wirkliche Entdecker waren noch etwas Nennenswertes erfunden hatten, in der Mehrheit nicht einmal richtige Abenteurer oder Wissenschaftler, sondern nur Jäger und Sammler, die ihr Leben lang abwegige Fundstücke gesammelt und nachher in Vitrinen sortiert hatten, um sie bis ans Ende ihres Lebens immer wieder von vorne zu katalogisieren.

Das stieß ihn ab, und während er ritt, fragte er sich, was es am Ende gewesen war, was ihn auf der Spur hatte bleiben lassen, und warum er nicht aufhören konnte, hinter diesem Mann herzureisen. Auch das Schmetterlingsnetz konnte er nirgends mehr ausmachen, und zugleich spürte er, wie ihm das gleichgültig wurde und dass, obwohl es jetzt, schon in den frühen Morgenstunden, unerträglich heiß war, der Druck von seiner Brust langsam wich, weil er aufgehört hatte, die Richtung vorzugeben.

Er ließ jetzt das Pferd von alleine laufen. Es trottete im Schritt durch das Buschwerk, blieb hier und da stehen, um ein paar Äste abzureißen oder mit dem rechten Vorderhuf im Boden zu scharren, als suche es nach etwas Besonderem. Der Pauschalist merkte nichts mehr davon, er hatte die Zügel losgelassen und war nach vorne auf den Hals des Pferdes gesunken, das gelegentlich nach einem Baumstamm suchte, an dem es sich reiben konnte, denn es schwitzte auch.

So wankten sie durch den Morgen, der Pauschalist und sein Pferd, bis sie wieder das Lager erreicht hatten. Bellend lief ihnen der Hund entgegen. Vor den Zelten saß zwischen dem Feuer und dem Tragekorb der Ritter und schnitzte Lanzen. Als er den Pauschalisten erblickte, erhob er sich, nahm das Tier am Zügel und half ihm, der nicht recht wusste, ob er noch saß oder schon fiel, vom Pferd und trug ihn hinüber zum Zelt, wo er ihn aus seinen durchnässten Kleidern und in eine Decke wickelte und ihm zu trinken gab. Der Pauschalist trank in großen und gierigen Zügen.

Am Weihnachtsmorgen brachen sie auf und ließen alles zurück, die Matten, die Zelte und den Korb. Der Ritter trat das Feuer aus und fuhr mit dem Handschuh wie nebenbei durch die Asche.

Sie ritten, bis sie an einen Kreuzweg kamen. Und noch während der Pauschalist, der nichts so sehr hasste wie Entscheidungen einerseits und Abschiede andererseits, seinem Pferd die Sporen gab und, als könnte er den Ritter überlisten, einfach geradeaus weiterritt, begriff er, dass seine Stunde geschlagen hatte. Denn der Ritter war stehen geblieben und blickte nacheinander in alle vier Himmelsrichtungen.

Unwillig wendete der Pauschalist sein Tier und ritt noch einmal zurück. Er glaubte, genau zu wissen, was er sagen wollte, er glaubte, vorbereitet zu sein. Tausendmal hatte er den Text vor sich hin gesprochen während ihrer langsamen gemeinsamen Reise. Aber jetzt, da der Augenblick unwiderruflich gekommen war, blieb er hoch zu Ross mit offenem Mund sitzen und brachte keinen Ton heraus, weil er sich nicht wirklich trennen wollte.

Der Ritter klappte sein Visier hoch. Dann zog er den Brief aus der Rüstung, hielt ihn in die Höhe und deutete mit ausgestrecktem Arm geradeaus, um schließlich sein Pferd neben dem des Pauschalisten zum Stehen zu bringen. Er beugte sich zu ihm hinüber und küsste ihn. Dann klappte er das Visier wieder herunter, wendete sein Pferd und verschwand, hinter sich in einer kleinen runden Staubwolke den Hund, nach rechts von der Bühne.

5.

Der Pauschalist blieb am Kreuzweg stehen. Er rührte sich nicht von der Stelle. Er starrte immer noch auf die Staubwolke, von der er glaubte, dass der Hund sich darin versteckt hielt. Genau genommen war nichts mehr zu erkennen, aber er blickte trotzdem weiter in die Richtung, in welche der Ritter verschwunden war, bis er fühlte, dass ihm vor lauter Anstrengung die Augen zu tränen begannen. Er wischte sich ein paar Mal mit der Hand über die Lider, aber die Augen hörten nicht auf zu tränen und begannen jetzt auch noch zu brennen.

Was Wunder, diktierte der Pauschalist unter Tränen, dass alles so gekommen ist, das war ja nicht anders zu erwarten. Und deshalb wird es jetzt höchste Zeit, genau und in Ruhe zu betrachten, wo wir uns eigentlich befinden. Die Bühne ist wesentlich schlechter eingerichtet als vereinbart, die Ausgänge sind nicht markiert, und was die Himmelsrichtungen betrifft, findet sich nicht der geringste Ansatz von Ausschilderung. Die Wege sind, besonders an ihren gefährlichen Rändern, ohne klare Begrenzung, keine Rede von Bewirtschaftung, von Sicherheitsvorkehrungen ganz zu schweigen.

Das eine muss man natürlich wissen, nämlich worauf

man sich einlässt, wenn man den Bühnenraum mit lebendigen Tieren bestückt. Sofort erweist sich alles als schwierig. Hunde und Katzen spielen zwar mit und durchaus nicht ohne Eifer, sind jedoch nach wie vor unberechenbar. Kühe und Pferde dagegen scheuen sofort. Haustiere der ganz kleinen Art lassen sich leichter handhaben, aber ein Risiko bleibt auch hier. Ähnlich wie wenn Kinder im Spiel sind, obwohl sie so einfach und beweglich erscheinen, so munter und rasch von Begriff. Aber genau darin liegt das Problem.

Denn hier verwirrt sich schon alles am Anfang, schon bei den Proben verschiebt sich alles. Das eine läuft hierhin, das andere dahin, ein Drittes läuft gar nicht, das Vierte hockt verstockt im Orchestergraben, ein Fünftes lässt sich gar nicht erst blicken, das Sechste fällt plötzlich vom Himmel, ein Siebtes bleibt in der Ecke sitzen und spielt gleich hinter dem Vorhang Karten mit einem Achten, das längst nicht mehr dazugehört. Ja, vielleicht ist dies nur der Schatten des Achten oder das Achte der Traum eines Siebten, vielleicht auch des Neunten, das plötzlich unbändig zu wachsen beginnt, als wollte es alle auf einmal sein.

So seltsam gewachsen kehrt es später zurück zum Theater, um endlich es selbst zu sein, einen ernsthaften Auftritt zu haben, und wenn das nicht, um wenigstens vorsprechen zu dürfen, drinnen im dunklen Theatersaal vor der gelangweilten Kommission. Aber niemals wird es vorgelassen, sondern sitzt stattdessen im Vorzimmer der Direktion und nährt sich von leiser Hoffnung. Denn eines Tages, daran besteht kein Zweifel, wird die Tür sich öffnen, jemand tritt ein und verkündet mit deutlicher Stimme: Jetzt wird man dich hören.

So fabulierte der Pauschalist, ohne Sinn und Zusammenhang, denn er hatte seit Jahren kein Theater mehr von innen gesehen. Abgesehen von seiner Schulzeit hatte er überhaupt noch nie auf einer Bühne gestanden, weil er weder Sinn für Kostüme noch Talent für das Rollenspiel besaß. Er erinnerte sich noch immer mit großem Unbehagen an den einzigen Auftritt seines Lebens, eine lächerlich kleine Nebenrolle in der Aula der Schule, wo er an einem grauen Weihnachtsmorgen vor Eltern, Lehrern und Schülern den Herold in einem Weihnachtsspiel auf die Bühne zu bringen hatte. Eine Rolle, die aus einem einzigen Satz bestand und die man ihm einzig aus Nachsicht und Gnade zugeteilt hatte, weil er weder singen noch rezitieren konnte.

Vielleicht aber auch nur zur Strafe, weil er sich mit Händen und Füßen dagegen gewehrt hatte, eine der stillen Rollen zu geben, nämlich den Ochsen oder den Esel, die sich durch nichts auszuzeichnen hatten als durch ehrliches Stehvermögen. Hinten auf Knien, vorn auf den Händen, der eine behängt mit grauem Filz, hinten der Schwanz und vorne die Ohren, der andere in etwa genauso, nur braun, hinten der Schwanz und vorne ein paar Hörner. Ein- oder zweimal sollten sie seufzen, weil, wie der Lehrer ihnen erklärte, auch Tiere eine Seele haben.

Es war ein lästiges Stück, die Weihnachtsgeschichte in Musik gesetzt, mit Pauken, Trompeten und Zimbeln, lauter unschönen Instrumenten, die keines der Kinder ernsthaft beherrschte. Aber man tat das alles den Eltern zuliebe, mit Josef, Maria und Kind in der Krippe, mit Hirten, die kleine Schafe in den Armbeugen trugen und immerzu in die Knie gehen und Ah und Oh rufen mussten, als der Stern am Himmel erschien. Ein Stern, der aus unfester Pappe geschnitten und so ungeschickt mit Glanzpapier beklebt war, dass sich schon beim ersten Hochziehen hinter der Bühne das Goldpapier in Falten legte und sich an den Rändern von seinem billigen Untergrund zu lösen begann.

Dies war der Stern der Verheißung, und während seine Mitschüler wie verrückt auf die kleinen Trommeln einschlugen und Holzstäbe gegeneinander rieben und drei Kinder, die als Hirten verkleidet unter riesigen Hüten verschwanden, um ein Feuer saßen, das gleichfalls nichts als Flitter und Glanzpapier war, zog der Stern hinter der Bühne am Schulhimmel auf und versuchte zu leuchten. Jedenfalls gab es eine Art von erschöpftem Abglanz in den Gesichtern der Eltern und Lehrer, die allesamt auf der anderen Seite saßen und müde waren, denn Weihnachten stand vor der Tür, und alle hatten an diesem Morgen etwas anderes zu tun, als hier in der Aula zu sitzen und sich gegenseitig bei ihrem mühsamen Austausch von Elternpflicht gegen Kinderpflicht Gesellschaft zu leisten.

Aber dann hörte man aus der Ferne eine leise Musik. Und nicht nur Musik, sondern auch das Klappern von Hufen, das Stampfen von Elefantenfüßen, den weichen schaukelnden Gang der Kamele. Und er stand starr zwischen Angst, Erschrecken und Ehrfurcht hinter der Bühne, stocksteif in das Gewand des Herolds genäht, gelähmt vom Haar bis zur Sohle, in der Hand einen Stab, von dem der Lehrer ihm eingeschärft hatte, dass dies, was in Wahrheit ein Besenstiel war, nichts anderes sei als der Stab eines Herolds, mit dem er jetzt auf die Bühne treten sollte. Und indem er ihn dreimal und für alle gut hörbar zwischen die Musik auf den Boden stieß, sollte er jetzt, als wäre er alles zugleich, Ausrufer, Trompeter, Posaune und Engel, mit lauter verkündender Stimme rufen: DIE KÖNIGE KOMMEN!

Er schwitzte. Unter dem Heroldskostüm lief ihm der Schweiß den Rücken hinunter, denn er war vollkommen außerstande, einen Fuß vor den anderen zu setzen, bis ihn von hinten der Lehrer entschlossen in den Rücken stieß und immer wieder leise zischte: Die Könige kommen, die Könige kommen.

Und sie kamen, unaufhaltsam und prächtig, der erste, der zweite, der dritte, und auf der Bühne war ein Glänzen und Klingen, und ein Duft von Weihrauch und Myrrhe hing in der Luft, dass ihm schwindelig wurde. Die Trommeln wurden lauter, und während er auf die Bühne stolperte und immer wieder leise die Lippen bewegte, die Könige kommen, die Könige kommen, waren die drei Könige in all ihrer Pracht längst an ihm vorübergezogen und hatten sich einer nach dem anderen der Länge nach vor der Krippe auf den harten Bühnenboden geworfen, um dem Kind die Ehre zu erweisen.

Dann wurde es still. Es war so still, dass alle den Atem anhielten, um die Stille in ihrer Stille und die Könige in ihrer Anbetung nicht zu stören, denn sie hatten eine lange Reise hinter sich. Sie waren den ganzen Weg geritten, vom Morgenland bis zum Stall, um dem Kind die Ehre zu erweisen. Eine Strecke, die beschwerlich und gefährlich ist. Nicht nur wegen der Räuber und Wegelagerer, sondern vor allem, weil man unterwegs leicht die Orientierung verliert und nicht weiß, ob man das Kind jemals findet, ob das Kind nicht längst erwachsen geworden ist, bevor wir die Reise beenden.

Denn wie auch die Könige wissen, wachsen manche Kinder schneller als andere, einige von ihnen haben nicht einmal eine Kindheit, sondern stehen auf, als wäre das nichts, gehen direkt durch den Vorgarten auf die Straße und von dort aus dazu über, Käfer, Schmetterlinge und Eidechsen zu sammeln oder Muscheln und Steine oder die Knochen von Vögeln, oder sie begeben sich auf die Wanderschaft mit den Würmern, weil ihnen Würmer und Insektenflügel näher sind als Könige und Menschen. Sofern sie aber selbst Könige sind, gehen sie ganz ohne Übertreibung und Übergang zur Verkündigung über, indem sie den Rucksack schnüren, den Stab in die Hand nehmen und sich furchtlos auf den Weg machen. Sie drehen sich auch nicht um, sondern gehen immer voran. Dabei singen sie Lieder oder erzählen Geschichten, von denen eine kürzer ist als die andere.

Der Text, diktierte der Pauschalist, ist immer derselbe, immer erzählen sie davon, wie alles sein soll, niemals davon, wie die Dinge sind, und werden nicht müde zu wiederholen, dass die Könige kommen. Und wenn sie sich schließlich auf die nackte Erde zum Schlafen legen, ohne Zelt, ohne Matte und ohne Gesellschaft, murmeln sie noch im Schlaf diesen Satz, dass die Könige kommen, obwohl weit und breit kein König zu sehen ist, nicht hier und auch nicht am Horizont.

Aber das ist, weiß Gott, keine Frage der Augen, keine Frage der Sehkraft, auch keine Frage von Fern- oder Weitsicht, sondern einzig und allein eine Frage der Einbildungskraft. Der eine sieht sie, der andere nicht, der eine hört sie, der andere nicht, der eine riecht ihr Feuer schon von weitem, der andere dagegen riecht überhaupt nichts, weil ihm alles verstopft ist, Ohren wie Nase. Vielleicht ist es aber auch umgekehrt, dass am meisten hört, wer keine Ohren hat, und dass, wer mit geschlossenen Augen reitet, den Weg am deutlichsten vor sich sieht.

Ihn dagegen, das war offensichtlich, hatte es am allerschwersten getroffen, denn er konnte seine Zunge nicht mehr bewegen. Er konnte zwar alles sehen und riechen und hörte auch in der Ferne den Hufschlag, aber er konnte nicht sprechen. Er konnte den einen Satz nicht sagen, er konnte ihn nicht einmal denken, er konnte ihn nur diktieren und wiederholte ihn wieder und wieder, das Gerät an die Lippen gepresst, aber den Sinn der Sache begriff er nicht, während er immer noch am Kreuzweg stand, die Hand über den Augen und in den Augen die Staubwolke, die sich langsam, aber unaufhaltsam auf ihn zubewegte.

Es waren drei Männer auf drei kleinen kräftigen Pferden, die in scharfem Galopp auf ihn zuritten. Im Näherkommen sah er, dass sie bis an die Zähne bewaffnet waren. Der eine mit einem Stock, der andere mit einem langen Gewehr und der dritte mit einer Heugabel, die er lässig wie eine Lanze unter der rechten Achsel trug. Sie hielten direkt auf ihn zu, und es war klar, dass er, sofern er daran dachte, wenigstens seinen Kopf zu retten, keine Zeit zu verlieren hatte. Aber es schien ihm längst, als hätte er überhaupt keinen Kopf mehr auf den Schultern. Er konnte keinen Gedanken fassen, weder für sich noch für sein Tier, das wie verrückt mit den Hufen scharrte. Und statt dem armen Tier endlich die Zügel zu geben, sah er nach vorne, nach hinten, nach links und nach rechts, bis es zu spät war und die drei Reiter ihre Pferde ruckartig aus dem vollen Galopp neben ihm zu stehen brachten.

So umstanden sie ihn in der offenen Landschaft wie den Mittelpunkt eines Dreiecks, an der Spitze das Gewehr, an den unteren Ecken die Heugabel und der Stock. Sie sagten kein Wort. Aber sie lachten und schienen nicht im Geringsten erschöpft. Vielleicht waren sie gerade erst aufgebrochen und hatten keinen Grund, schon außer Atem zu sein. Doch bei näherem Hinsehen wurde dem Pauschalisten klar, dass sie noch nie in ihrem Leben ein Zeichen von Erschöpfung gezeigt hatten, denn ihre Leben würden vermutlich zu kurz sein, um außer Atem zu geraten. Sie lebten in der offenen Landschaft, ohne überflüssige Pausen einzulegen, und würden sich nehmen, was sie unterwegs zu fassen bekamen.

Er war bereit, ihnen alles zu geben, was er hatte, was nicht viel war, aber weil er an dem wenigen, was er hatte, hing, musste er sich alles mit Gewalt vom Herzen reißen, denn genau genommen rührten die drei Männer nicht einen Finger, um ihn um seine Habe zu erleichtern. Sie standen einfach nur da und warteten, bis er seine Taschen geleert hatte, in denen sich nichts von dem befand, worauf sie gehofft hatten.

Der Pauschalist sah genau, wie sich Enttäuschung in ihren sprachlosen Gesichtern malte, als er, als sei dies sein letzter Trumpf, und es war wirklich sein letzter, das Diktiergerät aus seiner Innentasche zog und ihnen hinhielt wie einen Schatz. Sie griffen danach, drehten und wendeten es, hielten es sich gegenseitig an die Ohren, rochen daran und bissen dann, einer nach dem anderen, sogar hinein. Dann lachten sie und gaben es ihm zurück.

In seiner kindischen Angst fiel ihm nichts anderes ein, als den Apparat, der in Wahrheit nichts barg, nicht einmal ein Geheimnis, ein letztes Mal, wie er glaubte, in Betrieb zu nehmen, indem er auf den Rücklaufknopf drückte, damit alles wieder von vorne beginnt, denn Doktor Stoliczka hätte das nie getan. Doktor Stoliczka hätte sich mit Sicherheit zwei Tage vor Weihnachten nicht auf den Bahnhof von Kalkutta verirrt und versucht, zwischen Kühen, Hunden und anderen Tieren ein Feuer anzuzünden, mit dessen Hilfe man sich daran zu erinnern versucht, wie es einmal gewesen ist, als man sich noch in den harmlosen Vorgärten der Kindheit aufhielt, als die Dinge noch gefährlich waren. Und was den Ritter betrifft, ist das wahr, aber der Rest ist gelogen, denn die Männer hatten längst keine Wahl mehr. Sie konnten den Kreuzweg unmöglich unverrichteter Dinge verlassen. Es konnte nicht sein, dass sie leer ausgingen, dafür waren sie nicht unterwegs.

Sie hoben ihre Schilde und Wappen, die Heugabel, den Stock, das Gewehr, legten sie gleich Lanzen ein in die Achseln und rannten jetzt wie ein Mann gegen den Pauschalisten, der schon im ersten Angriff vom Pferd stürzte, denn er war weder gepanzert noch gewappnet, vor allen Dingen aber war er nicht vorbereitet auf das, was er die ganze Zeit so gefürchtet hatte. Er war so sehr mit sich und seiner Furcht beschäftigt gewesen, dass er mit allem gerechnet hatte, aber nicht damit. Und während sie jetzt, von ihren Pferden herab, alle drei auf ihn einschlugen, malte sich in seinem Gesicht ungläubiges Staunen über das, was ihm widerfuhr. Statt sich zur Wehr zu setzen, suchte er, auf den Knien hockend und die Hände vor das Gesicht geworfen, vor ihren Schlägen Deckung, denn er war das Schlagen nicht gewöhnt und noch weniger das Geschlagenwerden.

Das alles brachten sie ihm jetzt bei, die drei. Sie waren von ihren Pferden gesprungen und jagten ihn, der auf allen vieren vor ihnen herkroch, über den Platz, und sie taten es mit Vergnügen, schoben ihn hierhin mit dem Kolben, dahin mit der Gabel und warfen ihm ihren Stock zwischen die Beine, um ihn dann wieder zu schlagen, so lange und so gründlich, bis er sich nicht mehr bewegen, nicht einmal mehr kriechen konnte und mitten auf dem Platz auf der nackten Erde hockend die Hände über dem Kopf zusammenschlug und sich so klein machte, als wollte er in der Erde verschwinden, und das wollte er auch.

Aber die Erde hatte kein Mitleid, sie nahm ihn nicht auf, und so kam es, dass der Pauschalist zu schreien begann. Er schrie, wie er nie zuvor in seinem Leben geschrien hatte, mit einer Stimme, die nicht seine war, von der er nicht wusste, wessen Stimme es war. Er schrie mit gesenktem Kopf in alle vier Himmelsrichtungen und in den Abgrund der Erde gleichzeitig, er schrie nach Feuer und Wasser, nach Vergeltung und Rache, er schrie nach dem Ritter. Er schrie so lange, bis es um ihn herum vollkommen still wurde.

Und um die Stille in ihrer Stille nicht zu stören, sprangen die drei Männer auf ihre Pferde und ritten davon, während der Pauschalist liegen blieb, das Gesicht auf dem Boden und in der Faust das Diktiergerät, aus dem noch immer, wie aus einer anderen Welt, seine alte Stimme zu ihm sprach.

6.

In der Zwischenzeit hatten der Ritter und sein Hund ein gutes Stück Wegs zurückgelegt. Der eine reitend, der andere springend, hatten sie keine Eile. Hier und da hielten sie sogar unterwegs an, wenn der Hund seine Nase in die Büsche schob oder die Ohren spitzte und manchmal, als wollte er einen Jagdhund zur Aufführung bringen, so tat, als würde er etwas wittern.

Sie begegneten niemandem. Sie waren vollkommen unter sich, und das genossen sie. Gelegentlich wandte sich der Ritter, der sein Visier jetzt heraufgeklappt hatte, an den Hund, indem er ihm die eine oder andere Frage vorlegte, wie zum Beispiel: Woher kommen wir, wo sind wir, wohin gehen wir? Und der Hund antwortete ohne Umschweife: Von dort, gleich hier, nach da. Dann schwiegen sie wieder.

Gegen Mittag erreichten sie eine kleine Lichtung. Der Ritter sprang vom Pferd und begann, nach Essbarem zu suchen, denn sie hatten großen Hunger. Außer den üblichen Früchten des Waldes war nicht viel aufzutreiben, aber mithilfe einer kleinen Turnierlanze gelang es dem Ritter schließlich, einen Vogel zu erlegen, der so aussah, als wäre er auch ohne sein Zutun vom Ast gefallen. Er rupfte den Vogel und briet ihn über dem Feuer. Er selbst aß die Flügel, den Rest gab er dem Hund.

Dann legte sich der Ritter auf die Erde, um zu schlafen, und der Hund legte sich auf seine Füße und schlief auch. Sie schliefen lange. Einer fest in den Traum des anderen gewickelt, waren sie wieder gemeinsam unterwegs, wie damals vor vielen Jahren, als sie einander in einem anderen Wald begegnet waren. Der Ritter noch kein Ritter, der Hund aber auch damals schon nichts als ein Hund, und er hatte sich, der Ritter sah das im Traum ganz genau, überhaupt nicht verändert.

Gemeinsam waren sie durch die Ardennen geritten, auf der Suche nach Burgen mit ernsthaften Burgherren und Herolden, die mit dem Stab in der Hand in festlich geöffneten Türen stehen und die Ankunft von Rittern mit Hunden verkünden. Und Köchen, die etwas vom Kochen verstehen und wissen, wie man die Tafel bestückt. Und Damen, die nicht nur schön sind, sondern auch die Regeln des Brettspiels kennen, die Verse sprechen, die fließen wie Wasser, und die sich nach Tisch leicht und freundlich erheben, um Ritter mit Hunden spazieren zu führen in Gärten, die prächtig bewachsen sind und vernünftig beschnitten, in denen das Obst in Reihen hängt.

Doch sie waren nicht fündig geworden. Die Burgen waren alle verlassen, die Zugbrücken waren verfault, die Ställe leer, die Türen hingen schief in den Angeln, und drinnen, in riesigen Sälen, in denen leere Rüstungen standen und Bilder an den Wänden hingen, auf denen der Ritter sich nicht erkannte und auch nicht der Hund, saßen auf kleinen Hockern neben den Türen alte Männer und Frauen und schliefen.

Niemand interessierte sich für den Ritter, der noch kein Ritter war, und niemand interessierte sich für seinen Hund, der nichts war als ein Hund. So ritten sie weiter von Burg zu Burg, liefen in den Burgen von Saal zu Saal und beugten sich im Vorübergehen hin und wieder über einen der schlafenden Wärter und Wächter, um genauer zu verstehen, was sie murmelten in ihrem ewigen Halbschlaf zwischen Troisvierges, Knaphoscheid und Wilwerwiltz, denn sie murmelten unaufhörlich. Ein ganzer Strom von Geschichten rauschte von ihren Lippen herab, von dort aus hinunter in ihre Bärte und von da weiter zwischen die Fliesen, als rolle sich langsam ein endloser Faden von einer wurmstichigen Spule herunter, sodass es dem Ritter schien, er müsse sich bloß hinknien und alles vom Boden her wieder aufrollen, dann könne er sich die Rolle hinter die Rüstung schieben und endlich seiner Wege gehen.

Aber je länger er so zwischen Knaphoscheid und Wilwerwiltz auf den Fliesen kniete, desto kälter wurde ihm, und er fuhr immer wieder mit dem Handschuh über den Boden und konnte sich nicht entschließen, den Handschuh von den Fingern zu ziehen, obwohl er genau wusste, dass es dann viel leichter gewesen wäre, zuzugreifen und zu fühlen, um was es sich eigentlich handelte.

Vielleicht wollte er es aber auch gar nicht wissen, weil er versuchte, vor sich wie vor dem Hund seine wachsende Enttäuschung zu verbergen auf dieser Wanderschaft, die sie nirgendwohin brachte, als sei dies nichts als Erfindung, eine Einbildung, der nichts zugrunde lag als die Erinnerung an das flüchtige Versprechen einer Frau, die ihm bei seiner Geburt, falls es ihm überhaupt jemals gelungen war, auf die Welt zu kommen, etwas ins Ohr geflüstert hatte, das ihn ein für alle Mal verdorben hatte. Denn anstatt ihn vorzubereiten auf das wirkliche Leben, hatte sie ihn in einen Garten geführt, in dem das Obst in klaren Reihen hängt und Tiger wie Wärter auf kleinen Inseln in der Sonne liegen.

Nicht nur dass er sich dem Leben nicht gewachsen fühlte. Er war den Dingen in der Tat nicht gewachsen. Er war vollkommen überfordert durch die offene Tür getreten, war staunend stehen geblieben vor dem herrlichen Tisch und hatte viel zu spät, nämlich erst als niemand ihn aufforderte, sich zu setzen, begriffen, dass er nicht dazugehörte, dass niemals ein Platz für ihn frei sein würde am runden Tisch, nicht für ihn, nicht für den Hund und erst recht nicht für den dritten Mann, der ihnen wie ein Schatten auf den Fersen saß.

Dabei sah er genau, dass noch drei Plätze am Tisch frei waren, dass es nur eines Zeichens, eines Wortes, eines leichten Winkens mit dem passenden Taschentuch bedurft hätte, um ihn zu erlösen, um ihn wissen zu lassen, dass er willkommen wäre wie die anderen auch, die laut schmatzend, einer die Finger an den Ärmeln des Nächsten abwischend, sich über den Tisch hinweg Geschichten zubrüllten, einer den anderen übertönend, überbrüllend, einer lauter als der andere sich selbst und seine Verdienste preisend.

Der eine hatte einen Drachen erschlagen, der andere eine Jungfrau gerettet, noch einer sogar fünf, und was die Jungfrauen, vor allem aber was den Drachen betraf, gab es Streit, denn jeder behauptete, ihn als Erster ins Visier genommen zu haben. Der eine von hinten, der andere von vorn, ein Dritter hatte sich von einem Baum herab auf das Untier geworfen und ihm von oben her die Gurgel durchbohrt, während ein Vierter, unter den Beinen des Tieres stehend, die riesig und schwer wie Tempelsäulen waren, dem Lindwurm von unten her das Herz aus dem Leib geschnitten hatte.

Ein Herz, das man noch heute im Naturhistorischen Museum von Wien bewundern kann, wenn auch unter vollkommen anderen Gesichtspunkten, unter Gesichtspunkten, die den Männern, die da saßen und sich mit Handschuhen bewarfen, gleichgültig waren wie Tischsitten, und solange noch etwas auf dem Tisch steht, ist ein Ende der Geschichte nicht abzusehen. Die zugegebenermaßen im Naturhistorischen Museum zu Wien nur unvollkommen zur Geltung kommt, weil man, staunend vor den Vitrinen stehend, nicht beim besten Willen und auch nicht mithilfe eines schönen und sorgfältig ausgestatteten Katalogs, nicht einmal mithilfe der größten Einbildungskraft den Herzschlag des Tieres vernimmt, das sich, wie man hört, verwundet in die Wälder zurückgezogen hat, um eines Tages, wenn niemand von den leichtsinnigen Essern mehr damit rechnet, zurückzukehren und seine Rechnung ein für alle Mal zu begleichen.

Aber der Ritter wusste das, und auch der Hund wusste es, und während sie weiter durch den Wald ritten und sich dabei gegenseitig aus den Augenwinkeln beobachteten, einer die Enttäuschung des anderen im Blick, beschlossen sie, sich nie wieder zu verlassen, sondern sich auf Schritt und Tritt im Auge zu behalten zwischen Troisvierges, Knaphoscheid und Wilwerwiltz, wo sie mehr denn je aufeinander angewiesen waren. Unterwegs in einem praktischen Land mit praktischen Menschen, mit Menschen, die auf Träume wie auf Verheißungen pfeifen, die ihren Kindern keine falschen Botschaften ins Ohr flüstern, sie nicht mit Versprechungen nähren, sondern mit Wurst und Milch, anstatt sie auf sinnlose Wanderschaften zu schicken auf der Suche nach Tieren und runden Tischen, an denen sowieso kein Platz für sie ist. Runde Tische hatten sie selbst, sie standen in jedem Haus und hatten Platz für eine ganze Familie, nicht weniger, mehr aber auch nicht.

So gingen in ihrem langen Traum der Hund und sein Ritter durch die Ardennen, von Haus zu Haus, von Burg zu Burg und konnten nirgends Gäste werden, bis sie an eine Lichtung kamen, auf welcher grasend drei Pferde standen. Am Waldrand saßen drei Männer um ein Feuer und waren damit beschäftigt, ihre Waffen zu reinigen, eine Heugabel, einen Stock und ein langes Gewehr.

Sie taten das mit großer Hingabe, und während sie wieder und wieder die Gerätschaften gegen das Sonnenlicht hielten, prüfend noch einmal hier und da polierten, indem sie leicht auf das Holz spuckten, um einen Fleck wegzureiben oder eine Scharte auszuwetzen, erzählten sie einander die Geschichten ihrer gemeinsamen Beutezüge. Wem sie was genommen, wen sie wo erschlagen, wen sie wo und wie in Angst und Schrecken versetzt hatten und wen oder was sie demnächst ins Visier nehmen würden. Ihre kleinen kräftigen Pferde hatten reichlich zu tragen. Neben den grasenden Tieren standen die Beutesäcke.

Der Ritter und der Hund waren stehen geblieben, aber die Männer, die immer noch mit ihren Gerätschaften befasst waren, beachteten sie überhaupt nicht. Vielleicht hatten sie sie gar nicht bemerkt, oder sie nahmen einfach nicht ernst, was da vor ihnen auf der Lichtung erschien, denn der Ritter war vollkommen unbewaffnet, und der Hund hatte Zähne, sonst nichts.

Der Ritter sprang vom Pferd, führte es hinüber zu den anderen Tieren, trat in den Kreis zu den Männern, grüßte sie und fragte, woher sie kämen, wohin sie unterwegs seien und ob noch ein Platz frei sei am Tisch. Und er zeigte mit dem Handschuh auf das Feuer, das schon fast vollkommen heruntergebrannt war. Die Männer lachten, nickten und gaben ihm zu verstehen, er möge sich setzen, Platz sei genug, auch der Hund sei willkommen.

Dann gaben sie ihnen zu essen und zu trinken und begannen noch einmal von vorn mit ihrer Geschichte. Wie sie unterwegs seien seit Wochen, wie sie hier und da die eine oder andere Beute gemacht hatten, dass sie auf diese Weise reich wie Könige geworden seien und dass sich ihnen dabei nicht das geringste Hindernis in den Weg gestellt habe. Denn das sei ihr Geheimnis, schnell muss man sein, gehen, bevor man gekommen ist, schneller verschwunden als aufgetaucht, wie ein Wind, wie der Sturm, der Träumern und Schläfern das Dach über dem Kopf wegreißt. Und zwar im Handumdrehen.

Um ihrer Rede Nachdruck zu verleihen, vielleicht aber auch, damit er sie bewundern sollte, hielten sie dem Ritter ihre Waffen hin. Er solle sich nicht scheuen, er könne sie gerne probieren. Allerdings müsse man wissen, wie die Waffe zu führen sei. Der Stock beispielsweise, sagte der eine, sei so kräftig, dass man damit bei richtiger Handhabung einen Baum aus dem Stegreif fällen und danach mit demselben Stock zu Feuerholz zerhauen könne, das Gewehr sei ein Gewehr so gut wie ein Prügel, die Heugabel aber versetze die ganze Gegend in Angst und Schrecken.

Sie kamen über ihren Erzählungen immer mehr in Fahrt, lachten und schlugen sich beim Erinnern gegenseitig auf die Schenkel. Dann aber wurden sie stiller, senkten die Stimmen und rückten immer näher zusammen, bis der Ritter eng eingeschlossen in ihrer Mitte saß und sich kaum noch rühren konnte.

Ihm war, als wollten sie ihn auf ein großes Geheimnis vorbereiten, etwas, das sie unmöglich laut sagen konnten. Aber da der Ritter sich weigerte, seinen Helm abzunehmen, klopften sie von außen mit den Knöcheln ihrer Räuberfinger gegen seine Stirn, seine Wangen und vor allem gegen das, was sie für seine Ohren hielten, damit ihre Botschaft nicht verloren ginge.

Anfangs verstand der Ritter nicht genau, wovon sie sprachen, aber so viel war klar, dass für die drei hier nicht mehr viel zu holen war, denn in der Gegend zwischen Knaphoscheid und Wilwerwiltz hatten sie buchstäblich alles an sich gebracht, was nicht niet- und nagelfest war, und darum hatten sie jetzt, so entnahm der Ritter unter seinem Helm ihrer dumpfen flüsternden Botschaft, den Plan gefasst, aufzubrechen, das Land zu verlassen und nach Indien zu ziehen, um sich dort auf die Jagd nach Berbioletten zu machen.

Herrliche Tiere mussten diese Berbioletten sein, die keiner von ihnen jemals zu Gesicht bekommen hatte. Aber man hatte davon gehört, vor allem von ihrem kostbaren Fell, am Kopf ganz hellblond, am Hals so schwarz wie Maulbeeren, am Rücken leuchtend rot, am Bauch tiefschwarz und am Schwanz indigoblau. Dieses Fell war das begehrteste Fell der Welt, und sie träumten davon, die Tiere in großen Mengen zu erlegen, um dann in einen schwunghaften Handel mit ihren Fellen einzutreten.

Vor allen Dingen aber träumten alle drei davon, selbst einen Mantel aus Berbiolettenfell zu tragen. Und nicht nur einen Mantel, sondern dazu passend auch Mützen und Handschuhe, denn die Winter in den Ardennen sind kalt, und sie würden die Schäfte ihrer Waffen gleichfalls mit Berbiolettenfell umwickeln, sie würden unter Decken und auf Kissen aus Berbiolettenfell schlafen, und sie würden nicht mehr an einem Feuer sitzen, sondern an einem richtigen runden Tisch, auf dem ein großes schweres Tischtuch aus Berbiolettenfell lag.

Vielleicht würde es ihnen sogar gelingen, eines jener seltenen Tiere, von denen es hieß, sie seien nicht nur unmöglich zu jagen, sondern noch viel unmöglicher lebendig zu fangen, von ihrer Reise nach Indien mit zurück in die Heimat zu bringen. Sie würden die Berbiolette in einen goldenen Käfig stellen, gleich neben den runden Tisch, und aus aller Welt kämen Gäste und schöne Frauen, die allesamt vor dem Käfig stehen, nein, feierlich in die Knie gehen würden, und die Hände würden sie ringen im Angesicht von so viel rührender Schönheit, und mit lauter Stimme würden sie wieder und wieder rufen: Was für ein Tier, was für ein Tier!

Ja, was für ein Tier, diese Berbiolette. Das wussten die drei Räuber genau, und deshalb wollten sie auch nicht länger zögern, sondern noch am selben Nachmittag losziehen, von Wilwerwiltz Richtung Indien, um sich dort nach den Tieren umzusehen. Die Pferde waren getränkt und gesattelt, die Waffen poliert und das Feuer verloschen, sie mussten nur noch aufsitzen und losreiten.

Aber sie saßen nicht auf. Stattdessen rückten sie noch enger an den Ritter heran, denn sie wussten genau, dass nicht sie, sondern dass er im Besitz des Geheimnisses war. Sie hatten vom ersten Moment an begriffen, dass der Ritter wie auch sein Hund genau wussten, wo die Berbiolette war, weil die beiden viel länger unterwegs waren als alle drei Männer zusammengenommen.

Und weil sie das wussten, umschlossen sie wie der Ring einen Finger den Ritter, der verzweifelt versuchte, seinen Kopf mit dem Helm aus den Räuberhänden emporzuheben. Es gelang ihm beim besten Willen nicht, denn sie hielten ihn von drei Seiten auf einmal umklammert und flüsterten: Komm mit uns, Berbioletten jagen! Komm mit uns, Berbioletten jagen!

Alles das widerfuhr dem Ritter im Schlaf. Und weil ihm der Traum den Atem zu rauben drohte, vor allem aber weil auch der Hund übel zu träumen schien und zu seinen Füßen liegend erbärmlich stöhnte, gab sich der Ritter einen Ruck und erwachte. Er packte mit beiden Händen den Helm. Und wie er so dasaß, hinter sich den Schlaf, vor sich die Welt und in den Händen den wirklichen Helm, stellte er zu seinem Erstaunen fest, dass er hören konnte, wie er nie zuvor in seinem Leben gehört hatte. Er hörte auf einmal mit größter Genauigkeit alles, als wollte sich ihm die Welt ein für alle Mal einschärfen. Den Gesang der Vögel in den Bäumen über ihm, das Verlöschen des Feuers neben ihm und in der Ferne den Schrei eines Mannes.

II. Wilwerwiltz

1.

Zweiundzwanzigster Zwölfter. Dämmerung. Wilwerwiltz. Die Familie versammelt um den runden Wohnzimmertisch. Schlafend, kauend, murmelnd, einer in den Anblick des anderen vertieft. Wir langweilen uns unaussprechlich, um nicht zu sagen zu Tode, weil wir die Geschichte nicht mehr hören können, weil jeder von uns immer wieder um diese Jahreszeit am anderen Ende der Dunkelheit davon zu reden beginnt, was aus ihm werden könnte, wenn er sich einmal erhebt.

Unsere Zukunft. Ja, das habe ich gestern gesagt, jedenfalls glaube ich, dass ich das gesagt habe, vielleicht habe ich mich aber auch nur hinreißen lassen, denn ich habe Geburtstag und glaube fest daran, dass ich einmal im Jahr das Recht darauf habe, frei meine Ansichten zu äußern. Ich habe sogar gesagt, das ist ein schönes Thema, wir werden lange davon zehren.

Wir werden so lange davon zehren, sagte mein Bruder, bis jeder von uns begriffen hat, dass hier nichts mehr zu holen ist. Nicht in Knaphoscheid, nicht in Wilwerwiltz, und wenn einer aus der Runde Einwände erhebt, fügt er entschlossen hinzu, denn in seiner Rede, und tatsächlich nur dort, ist er wild und entschlossen zu allem: Als wir noch in Troisvierges lebten, waren die Aussichten auch nicht besser.

Oder womöglich doch? Sind wir nicht oft genug umgezogen, um auf die eine oder andere Art Hoffnung zu schöpfen, gibt meine Mutter zu bedenken, während mein Vater sich hinter der Zeitung verbirgt und meine Schwester, jetzt Zimmermädchen in Lissabon, nein, so darf man nicht sagen, stattdessen müsste man sagen, und dies mit einem Unterton von Stolz, der auch im Nebenhaus unüberhörbar ist, dass sie im Hotelgewerbe tätig ist, damit beschäftigt, Schürzen auszubessern, meine Schwester also, die im europäischen Hotelgewerbe tätig ist, lacht und sagt, ich soll endlich an meinen Schulabschluss denken.

Was für ein Schulabschluss, rufe ich, in dieser Gegend weiß doch jeder, was es mit der Wirksamkeit von Schulabschlüssen auf sich hat. Und indem ich mich wieder an meine Mutter wende, sage ich: Ja, die Umzüge, die Umzüge und der Streit darüber, was man mitnehmen darf und was stattdessen zurückbleiben muss. In Troisvierges das Zelt, obwohl es so klein war, dass es in eine Manteltasche gepasst hätte, in Knaphoscheid dann das Schmetterlingsnetz, und dass mein Bruder die Lupe und das Kaleidoskop bis hinüber nach Wilwerwiltz retten konnte, will etwas heißen, eine kleine Revolution.

Was Revolution, sagt mein Bruder, das war Spielerei mit den Restbeständen. Alles, auch der Kittel und der Tropenhelm sind ja nichts als dürftige Restbestände. Denn das liebt er, die Dinge in ihrem Kern in Zweifel zu ziehen, bis am Ende nichts übrig bleibt als der Zweifel, bis man glaubt, falls er weiterspräche, würde sogar das Geschirr vom Tisch verschwinden. Und nicht nur das Geschirr aus Troisvierges, sondern, was schlimmer ist, auch mein Hund, der Munter heißt, weil er Feuerholz stapeln, Nüsse knacken und andere Kunststücke aufführen kann und das Gerede meines Bruders nicht länger erträgt, während die Katze, von der niemand genau weiß, wie sie in unseren Haushalt geraten ist, keine Anstalten macht, sich aus ihrem Korb zu erheben.

Man muss das natürlich beherrschen, diese Kraft der Negation. Ich liebe die Nüsse, mein Bruder dagegen die Schalen, die schöne Form, die Verneinung der Dinge, die Entschiedenheit zwischen dem einen Nichts und dem nächsten. Auch das braucht Mut und eine Art von Einbildungskraft. Obwohl ich das nicht gerne zugebe, denn zwischen meinem Bruder und mir herrscht seit Jahren ein Wettstreit. Ich kämpfe hier, er in der Fremde, und um uns Einhalt zu gebieten, holt mein Vater sein Gesicht für einen Moment hinter der dreisprachigen Zeitung hervor, damit wir uns daran erinnern, dass er erstens noch da ist und dass wir zweitens zu den Geretteten zählen.

Aber ich hänge nicht an der Lupe, auch nicht an dem Netz, ich hänge an unserem runden Wohnzimmertisch und an dem Fußboden dieses dritten, vierten oder meinetwegen auch fünften Hauses, das mein Vater mit eigenen Händen erbaut hat. Aufgerichtet, würde er sagen, aber darauf kommt es nicht an, denn er hat diese Häuser überall gebaut.

Er hat sie in Troisvierges wie in Wiltz wie in Wilwerwiltz gebaut, er hat sie in Alscheid und Hoscheid, in Pintsch und in Lellingen gebaut, in Buderscheid, Kaundorf und Dahl, in Nothum und Pommerloch hat er sie aufgerichtet, bis er in

Merkholtz vom Dach fiel und feststellte, dass ihn im Zweifelsfall niemand auffängt, auch nicht mein Bruder, der nichts vom Baugewerbe hält, der in niemandes Fußstapfen treten will und kein Geheimnis daraus macht, dass er sich längst im Auftrag großer Zeitungen der Forschung ergeben hat.

Daher kommt es auch, dass wir uns immer streiten, immer liegen wir uns kurz vor Weihnachten in den Haaren, immer wieder wollen wir uns, kurz bevor die Könige kommen, mit aufrichtiger Kraft gegenseitig ins Gesicht spucken, und immer wieder verzichten wir darauf. Aus einem unklaren Verpflichtungsgefühl heraus, weil wir glauben, wir wären uns etwas schuldig, eine Art von Ausführlichkeit, geordneter Rechenschaft. Aber wir können nicht rechnen, obwohl man uns jenseits der Grenzen für überaus tüchtig hält, für Algebraisten des Geistes und Buchhalter des Körpers, wie mein Bruder sagen würde, für Menschen, die die Dinge fest zwischen zwei Händen halten.

Weil man im Ausland glaubt, dass ein Mensch nur zwei Hände hat, was natürlich ein Witz ist, wenn wir unsere Mutter dabei beobachten, wie sie sich im Umgang mit unseren Umzügen in ein zehn- bis zwanzigarmiges Ungeheuer verwandelt. Wie sie plötzlich die Arme ausbreitet und nach allen Seiten auf einmal greift, die Dinge in Kisten und Pappkartons wirft, Pakete schnürt und aufeinander stapelt und dabei wie nebenbei alles verschwinden lässt, worauf es meinem Bruder ankommt. Das Fernrohr zum Beispiel oder die Kamera, viel zu schwer, sagte sie, nicht mehr in Gebrauch, genau wie die Botanikertrommel.

Nur nach meinem Vater konnte sie nicht rechtzeitig die Arme ausstrecken, als er damals in Merkholtz vom Dach fiel, denn sein Fall war schneller, obwohl es auf den ersten Blick den Anschein hatte, er ließe sich viel Zeit damit. Ja, es schien uns sogar, er genösse noch im Fallen die Aussicht vom Dachstuhl zum Keller hinab, nähme ein letztes Mal alles genau in Augenschein, die Beschaffenheit des Geländes insgesamt und ob noch genügend Platz bleibt für den Anbau eines Schuppens, in dem sich auch die Heugabeln, Stöcke und Gewehre unterbringen lassen, auf die er keinesfalls verzichten kann.

Aber als wir uns in Bewegung setzten, war es zu spät, er lag vor uns auf dem Boden, das Gesicht zur Erde gekehrt, und rührte sich nicht von der Stelle. Ein paar Tage später richtete er sich allerdings wieder auf und ging, als wäre gar nichts geschehen, zurück an die Arbeit. In den Mittagspausen hielt er die Zeitung fest in beiden Händen und sein Gesicht, das einen gewissen Schaden genommen hatte, mit Anstand vor uns verborgen.

Spätestens in Merkholtz muss es gewesen sein, dass mein Bruder aufhörte, Steine zu fahren, Mörtel zu mischen oder Ziegel zu sortieren. Er trug auch nicht mehr den Rucksack mit den Schnitten und der Thermoskanne auf die Baustelle, sondern ließ alles stehen und liegen und begann stattdessen zu lesen. Er las alles, was ihm zwischen die Finger kam, las von morgens bis abends, im Sitzen, im Gehen, im Stehen, bis ihm der Text so gründlich ans Herz gewachsen war, dass er sich beim besten Willen nicht mehr losreißen konnte, was meinen Vater zur Weißglut trieb, denn er konnte es nicht ausstehen, wenn jenseits seines Vorgartens aus Papier und Nachricht sich andere Zäune aus anderen Nachrichten auf anderem Papier breit machten.

So kam es, dass mein Bruder seinen Platz am Esszimmertisch verlor und begann, seine Mahlzeiten in der Küche einzunehmen, wo meine Mutter ihm an einem kleinen Tisch neben der Fensterbank den Platz so einrichtete, dass ihm das Licht von hinten durch das Küchenfenster direkt auf die Buchseiten fiel.

Auf der Fensterbank begannen die Bücher kleinen Kathedralen gleich in die Höhe zu wachsen, bis es in der Küche zunehmend dunkler wurde und am Ende so dunkel war, dass meine Mutter sich bei der Zubereitung der Mahlzeiten schon am helllichten Tag in den Finger schnitt, worüber sie nie ein Wort verlor, denn sie war erfüllt von dem heimlichen aufgeregten Stolz der Mütter. Ja, sie begann sogar selbst, zwischen einer Suppe und der nächsten, nicht ohne sich vorher gründlich die Hände an der Schürze abgewischt zu haben, das eine oder andere Buch zur Hand zu nehmen, um darin nach etwas zu suchen, was sie vermutlich in all den Jahren nicht gefunden hat.

Aber als mein Bruder sich eines Tages wirklich auf den Weg machte, das heißt, er packte zwei Koffer, in den einen die Hemden, in den anderen die Bücher, wurde es in der Küche plötzlich wieder hell. Mein Vater wurde ruhig und meine Mutter schwermütig, wie es sich in unserer Gegend eigentlich nicht gehört, denn ihre Zeit begann sich unwiderruflich in zwei Hälften zu teilen. In die Zeit vor der Ankunft meines Bruders und die Zeit nach seiner Abreise, wenn er nach dem Kalender die Socken und Hemden wieder in den Koffer geworfen hatte, obenauf neue Bücher, und den Koffer nachdrücklich verschloss, mit einer Geste, die nichts anderes enthielt als den Zweifel daran, ob er überhaupt jemals wieder einen Fuß über die Schwelle unseres soundsovielten Hauses setzen würde.

Dabei ist dies auf den ersten Blick eine herrliche Gegend. Wiltz ist die Heimat des Ginsters und der Pfadfinder, die dort seit mehr als einem halben Jahrhundert jeden Sommer zu Tausenden in riesigen Lagern rund um die Stadt ihre Zelte aufschlagen und an groß angelegten Lagerfeuern bei kühnen Spielen und scharfem Wettstreit internationale Freundschaften schließen, was genau genommen reine Zeitverschwendung ist. Denn anstatt zwischen den blühenden Ginsterbüschen zu spielen und zu streiten, sollten sie sich lieber auf den Weg nach Troisvierges machen, wo drei standhafte Jungfrauen wegen ihres allzu starken Glaubens einen qualvollen Märtyrertod erleiden mussten und dafür heute zur Belohnung als Schnitzfiguren die Nischen des kleinen Nebenaltars einer Kirche bewohnen dürfen.

Ich habe sie oft gesehen, Caritas, Fides und Spes, wie sie in der Nische stehen und sich anstarren lassen von den wenigen Besuchern, die sich hierher verirren. Mit der ein für alle Mal ins Bild gehauenen Seelenruhe der Toten, die durch nichts mehr anzufechten ist, blicken sie herab auf die blauen Halstücher der Pfadfinder, die nicht die geringste Ahnung davon haben, was es mit der Rettung von Jungfrauen auf sich hat, obwohl die Wälder und die Burgen noch da sind. Sogar der Herzschlag des Ungeheuers ist gelegentlich noch deutlich in den Wäldern vernehmbar, aber sie halten, was sie hören, vermutlich für die Sägen der Holzfäller, bestenfalls für einen fernen Donner oder für Fahrzeuge der Waldarbeiter, womöglich auch für eine marschierende Kolonne weiterer

Pfadfinder, die unterwegs in das Waldentdeckungszentrum von Burfelt sind, als gäbe es dort wirklich etwas zu entdecken außer einer lächerlichen kleinen Ausstellung, die über den Wald und seine Nutzung informiert. Gott allein weiß, wohin heutzutage die Pfadfinder unterwegs sind und was sie dazu bringt, sich Jahr für Jahr wieder in dieser Gegend herumzutreiben, in der alles gründlich ausgeschildert und klar bezeichnet ist und die mein Bruder deshalb verlassen hat.

Aber warum ist er gegangen? Waren es wirklich die Bücher? War es nicht einfach ein Druck auf der Brust, ein kurzatmiges Bedürfnis nach Rache? Flüchtige Erinnerung an die Wanderung durch den Wald an der Hand meiner Mutter, die ihn auf keinen Fall allein gehen lassen wollte, als er eines Tages plötzlich auch ein Pfadfinder werden wollte. Was er heute um keinen Preis zugeben wird. Stattdessen möchte er am liebsten ausspucken zum Zeichen dafür, wie sehr er die ganze Idee der Pfadfinderschaft hasst. Aber hätten sie ihn damals aufgenommen, ihm ein blaues Tuch um den Hals unter den Kragen des Hemdes gelegt und einen ledernen Knoten über das Tuch geschoben, auch er hätte gesungen, und alles sähe heute anders aus.

Nur konnte es nicht dazu kommen, weil mein Bruder zu spät kam. Der kleine Schuppen im Wald, das Hauptquartier von Troisvierges, war verschlossen, die Truppe schon ausgeschwärmt auf Abenteuer, weshalb mein Bruder auf dem Rückweg für immer Abstand nahm von der Idee, Mitglied in irgendeiner Gemeinschaft zum Nutzen und Wohl der Wälder, Menschen oder Tiere zu werden.

Das weiß Munter genau. Selbst die Katze weiß das. Und meine Schwester und ich wissen das auch, wenn wir uns kurz vor Weihnachten im Schuppen hinter dem Haus treffen, wo sie mir dabei zusieht, wie ich meinem alten Pferd Schengen den Weihnachtsschmuck in die Mähne flechte. Kleine rotgrüne Girlanden, mit denen ich später auch die Schäfte der Gewehre umwickele, die mein Vater für die Jagd benötigt, während meine Schwester zwischen den Heugabeln an die Wand des Schuppens gelehnt neben mir und dem dampfenden Pferd steht und mit leiser Stimme den herrlichen Speisezettel meiner Mutter aufsagt, denn das Essen meiner Mutter ist besser als sämtliche Speisen und Getränke aller Gasthöfe und Hotels dieser Welt.

Und während ich weiter flechte und flechte, beginnt meine Schwester, jetzt mit lauterer Stimme, davon zu erzählen, wie müde sie ist und wie satt sie es hat, sich die Klagen der Hotelgäste anzuhören und mit großen Schubkarren durch die Flure zwischen den Zimmern zu fahren und einzusammeln, was die Durchreisenden liegen lassen.

Warum also weggehen, sage ich, warum losziehen, wozu ein Schulabschluss, warum nicht bleiben zwischen unseren fünf Mühlen, der von Bigonville mit Hotel und Gaststube, der von Boulaide, der Königsmühle, der Luéresmühle und der Bannmühle von Arsdorf, dessen Bewohner während der Revolution unter der Wiese ihre Glocken vergruben, deren eine sich später aus unerfindlichen Gründen nicht wieder ausgraben ließ und für immer versunken bleibt, um tief unter der Erde zu weinen, weil es ihr nicht vergönnt ist, neben ihren drei ausgegrabenen Schwestern im Turm zu hängen und in das Weihnachtsgeläut mit einzustimmen.

2.

Und Munter und ich machen während unserer Führungen auch kein Geheimnis daraus, dass wir Stunden, nein, ganze Tage und Nächte in der Nähe der Bannmühle von Arsdorf verbracht haben. Immer wieder sind wir durch die Ginsterbüsche gelaufen, Sie sehen die Spuren noch deutlich. Hier zum Beispiel hat er die Ohren gespitzt, ein echter Glockensucherhund, und ist witternd stehen geblieben, und hier, auch das ist noch gut zu erkennen, habe ich die Büsche auseinander gebogen, um mein Ohr an den Boden zu pressen und endlich den Klang der Glocke zu vernehmen, was keine leichte Aufgabe ist. Denn, das dürfen Sie mir glauben, man braucht Zeit und Geduld, weil die Glocke nicht, wie sich das für Glocken gehört, zu jeder viertel, halben und vollen Stunde schlägt, sondern nur, wann sie will, das heißt nur, wenn sie kann. Niemand kennt die Zeitrechnung versunkener Glocken, niemand kann begreifen, warum sie überhaupt noch schlagen sollten, wie soll da ich ihren Klang beschreiben?

Denn auch das müssen Sie wissen, es ist kein Läuten, sondern eher ein Seufzen, und nicht jedem ist es gegeben, das Schluchzen aus dem Untergrund zu vernehmen. Der eine hört es, der andere nicht. Ganze Tage, ganze Wochen und Monate, Sommer wie Winter könnten Sie auf einem kleinen Holzstoß neben der Bannmühle verbringen, ohne auch nur ein einziges Mal von unten her ihr tiefes dumpfes Klagen zu vernehmen. Und so kommt es, dass gelegentlich der eine oder andere Wanderer dazu neigt, den Klang der Geretteten mit dem der auf immer Verlorenen zu verwechseln.

Aber lassen Sie sich davon nicht täuschen, ich habe sie selbst gesehen, diese Wanderer, die keine Wanderer sind, sondern nur eilig als Wanderer kostümierte Durchreisende. Die ganze Welt haben sie gesehen, immer dieselben Strümpfe am Bein, gepolsterte Westen über der Brust, Kameras vor dem Bauch, Kiepen auf dem Rücken, auf dem Kopf seltsame Hüte und in der Hand viel zu lange Stöcke aus schlechtem Holz, besteckt mit kleinen, unterwegs erworbenen Wappenzeichen, Ausweisen für den Besuch von mindestens dreiundneunzig Bergen und Burgen, fehlen noch vierzehn, vielleicht auch fünfzehn, aber das schaffen wir schon, man darf nichts überstürzen.

Selbstverständlich, das weiß ich natürlich, möchten auch Sie nicht nach Hause zurückkehren, ohne sagen zu können: Ich habe sie gehört, meine herrliche versunkene Glocke, meine traurige Dame. Aber dass sie da irgendwo unter der Wiese vergraben liegt, ist nichts als Erfindung, genauer gesagt bloß eine Maßnahme des örtlichen Büros für Fremdenverkehr, damit Sie sich ein wenig länger in unserer schönen Gegend aufhalten, eine zweite, vielleicht sogar eine dritte Nacht. Aber auch Sie werden, wie jeder vernünftige Gast, morgen früh nach einem Ardennenschinken auf Rührei, der hinterher vermutlich alles andere als Ardennenschinken ist, Ihre Koffer packen, und wenn sie wirklich zu läuten beginnt, sind Sie längst wieder abgereist, unterwegs nach Norden zu den restlichen Burgen.

Woher ich das so genau weiß? Ich bin einfach im Laufe der Jahre ein Kenner der Gegend und ihrer Besucher geworden. Ich kenne jeden Baum und jeden Strauch wie meine Westentasche. Ich habe meine Zeit nämlich nicht bei den

Pfadfindern vertan, ich bin auf eigene Faust unterwegs und auf diese Weise Jungfrauenfachmann und Glockenexperte geworden. Ein Kleiner Baedeker, wie mein Bruder gelegentlich in einem Anfall von Nachsicht meint, wobei er mir freundlich auf den Rücken klopft oder mich am Ohr zieht und sagt: Ist schon gut, mach nur weiter, geh hinaus zu den Glocken und Mühlen, Kleiner Baedeker, und verteil deine Sterne, den ersten für alles, was sehenswert ist, den zweiten für alles, was nie jemand zu sehen bekommt, das ist der Stern der Verheißung.

Was heißt hier Verheißung, rufe ich, ich habe es einfach anders gemacht, ich habe, anstatt die Schule zu besuchen, Schengen gesattelt und mich zusammen mit Munter auf den Weg gemacht. Alles haben wir vor Ort begutachtet, mit sechs Augen und Ohren, wir kennen die Wege der Nase nach und kommen glänzend zurecht, ohne Bücher und Notizen, ohne Fotoapparat und Diktiergerät. Nur mit einem Zelt ausgestattet, verlassen wir uns bis heute auf unser Gedächtnis, nach allem darf man uns fragen, wir geben gern Auskunft, und dass wir uns beinahe niemals täuschen, wird man im örtlichen Fremdenverkehrsbüro gern bestätigen, denn das ist verlässlich wie der Boden unter den Füßen des schweren langsamen Tieres, auf dem ich hier vor Ihnen sitze.

Folgen Sie uns also nun im langsamen Trab durch den dritten Vorhof der dreiundneunzigsten Burg und lassen Sie sich überraschen. Ziehen Sie Ihren Kopf ein, wenn wir die Pechnasen passieren, denn beileibe nicht alles ist hier Geschichte. Es gibt auch in dieser Gegend Verrückte, die immer noch gern von oben kochendes Wasser und siedendes Öl auf den Feind schütten. Ja, lachen Sie nur, ich habe das mehr als einmal erlebt, meine Rüstung trage ich nicht zum Spaß.

Also folgen Sie meinem bescheidenen Rat und stellen Sie sich einfach vor, ich sei Kastellologe, obwohl ich durch nichts ermächtigt bin, diesen Titel zu tragen, nicht durch das Pferd, nicht durch den Hund und schon gar nicht durch die Rüstung, die eine Leihgabe des kleinen Burgmuseums von nebenan ist, eine Nachbildung, ein Modell sozusagen, durch und durch aus Leichtmetall und trotzdem zu heiß für die Jahreszeit. Das Visier ist leicht herauf- und herunterklappbar, ich lade Sie ein, das auszuprobieren, Hut gegen Helm, Helm gegen Hut. Denn glauben Sie mir, ich bin froh über jeden, der mich für ein paar Momente um die Schwere der Rüstung erleichtert. Wie? Keiner möchte, keiner drängelt sich vor? Keiner in der ersten Reihe? Das kann ich, ehrlich gesagt, kaum glauben, meine Gäste sind sonst durchaus nicht schüchtern, was den Tausch von Hut gegen Helm betrifft.

Aber an diesem Nachmittag herrschte in der Runde eine gewisse Stille, ein eigenartiges Schweigen, es war eine auf unergründliche Weise nüchterne, um nicht zu sagen freudlose Gruppe, die vollkommen teilnahmslos an den Rüstungen und den Bildern von Rittern und Hunden vorüberzog. Nichts vermochte sie aufzurütteln, nichts zu begeistern, nicht der Burgfried, nicht der Aborterker, nicht der Donjon, nicht einmal der Kemenatenbau, in dem sonst die Männer immer zu lachen und die Frauen zu kichern beginnen.

Also muss ich leider schon jetzt, gleich hier, meine allerletzte Trumpfkarte mit dem Doppelstern ziehen, Johann den Blinden, Graf von Luxemburg, König von Böhmen, klein von Statur, doch ein großer Ritter, der atemlos durch die Lande jagt, von Prag nach Paris, von Paris nach Madrid, unter dem klirrenden Huf in kaum mehr als zwei Wochen die ganze verworrene Karte Europas, und von dort aus weiter ins Heilige Land, verfolgt von zwei treuen gehetzten Kurieren mit den neuesten Nachrichten im Gepäck, von Frauen daheim und wechselnden Schlachten in der Fremde. Doch wohin sie auch kommen, der Bescheid ist in jedem Gasthof Europas immer derselbe: Herr Johann? Längst wieder abgereist! Und hat keinerlei Nachricht hinterlassen, für den einen nicht, für den anderen auch nicht, auch Trinkgelder hat er nicht gegeben, obwohl man ihm doch von allen Seiten und in jeder Hinsicht zu Diensten war, was ein Zimmermädchen in Lissabon bestätigen kann.

Doch die Boten hörten nicht hin, sie rieben nur rasch ihre Pferde trocken, dann sprangen sie wieder auf und jagten weiter, denn sie kannten diese Geschichte noch nicht, von Hase und Igel, und wären immer weiter geritten, hätte nicht in den balkanischen Sümpfen eines Tages der Stich einer tückischen Mücke ihren eiligen Herrscher zur Strecke gebracht, indem sie ihm sein Augenlicht stahl. Das rechte zuerst, wenig später das linke, worauf der König bei zunehmender Dunkelheit seinen französischen Arzt zu Breslau in einen Sack nähen ließ und kurzerhand in die Oder warf.

Und während dem französischen Arzt langsam, aber sicher die Luft ausgeht, gerate auch ich außer Atem über meiner Erzählung, obwohl Schengen alles andere als ein Streitross ist und Munter, der die Geschichte in- und auswendig kennt, ungerührt zu meinen Füßen liegt und meine

Besucher dabei beobachtet, wie sie gelangweilt an den Wänden des angenehm kühlen Rittersaals lehnen, in Broschüren blättern und Filmrollen auswechseln.

Aber in einer letzten verzweifelten Anstrengung richte ich mich noch einmal zu voller Größe auf, was in meinem Fall nicht viel heißt, und rufe mit der trotzigen Stimme des Königs laut und vernehmlich, dass mir die Augen zwar fehlen, dass die Hände mir aber geblieben sind und dass ich mit Genugtuung sterben werde, wenn ich die Stadtmauern von Krakau berühre! Und gebe mich auf meinem Schlachtross zwischen den aufmarschierenden Sturmreihen der Engländer und Franzosen ganz dem Schicksal unseres Königs hin, der seine Zügel mit denen der besten seiner Ritter verknotet, um endlich den Heldentod zu sterben.

Den Rest lasse ich heute weg, obwohl das eigentlich meine Lieblingsgeschichte ist, wie nämlich ein gläubiger Bäcker während der Revolution die Gebeine des Königs aus der Gosse rettet, sie jahrelang auf seinem Speicher versteckt und schließlich einem Keramikfabrikanten für seine Raritätensammlung verkauft. Aber lassen wir das, denn wenn ich sie jetzt so schleppend durch die Säle schleichen sehe, meine Besucher, begreife ich auf einmal schlagartig, dass sie vollkommen talentlos sind, ohne jede Begabung, und dass keiner von ihnen jemals in der Lage sein wird, den Klang der versunkenen Arsdorfer Glocke zu vernehmen.

Was kein Unglück ist, im Gegenteil freue ich mich nach all den Jahren über jeden, der keine Ohren und keine Augen hat, denn das beschleunigt die Führungen ungemein, auch wenn ich schon jetzt weiß, dass die ganze Geschichte, trotz aller ehrlichen Anstrengung meinerseits, auf ein erbärmliches Trinkgeld hinausläuft. Ich werde mit dem leeren Helm in der Hand dastehen, hinter mir der Bus und der ganze Rest der wirklichen Welt, und selbst Munters Kunststücke werden unsere Einkommenslage nicht erheblich verbessern, obwohl ich seit Jahren darauf spekuliere, dass Tier- und Menschenliebe verwechselbar sind.

Aber am Ende eines langen Arbeitstages, zwischen der einen Burg und der nächsten, ist die Bilanz einfach und klar, und bevor die Wanderer wieder ihren Bus besteigen, rufe ich ihnen zu, dass es niemals meine Absicht war, die Dinge besser zu wissen, und dass ich nicht im Traum daran denke, mit meinem Bruder in Konkurrenz zu treten, der als Forschungsreisender im Auftrag großer Zeitungen in fernen Ländern unterwegs ist und es bereits geschafft hat, jedenfalls behauptet das meine Mutter, den einen oder anderen Artikel zu veröffentlichen. Und meine Schwester hat es noch weiter gebracht, ist im Hotelgewerbe damit beschäftigt, alles ein- und aufzusammeln, was in den Zimmern der Durchreisenden liegen bleibt.

Sie können mir glauben, rufe ich, während sie, wie ich von draußen deutlich sehe, drinnen ihre Rucksäcke auf die Ablagen werfen, Schnitten auswickeln und Thermoskannen öffnen, die erstaunlichsten Dinge bleiben liegen auf den Fluren von Gasthöfen und Hotels, Tropenhelme und Kameras zwischen Prag und Madrid, Schmetterlingsnetze zwischen Basel und London, Lupen, Fernrohre und Zelte zwischen Knaphoscheid, Paris und Kalkutta.

Und als der Bus jetzt den Burghof verlässt, schreie ich empor zu den Fenstern, hinter denen die Gesichter der Reisenden kleben wie kleine Mondlandschaften, dass ich noch nie ein Schiff bestiegen habe und erst recht kein Flugzeug, nicht einmal einen Zug, und folglich noch nie in Kalkutta gewesen bin. Aber damit Sie es wissen, ich träume davon, eines Tages Richtung Süden zu ziehen, dorthin, wo unsere Hauptstadt liegt, die, wie man hört, sehr schön sein soll.

Mein Bruder sieht das natürlich anders, denn es gibt dort weder eine Universität noch ernst zu nehmende Debatten. Aber Banken gibt es, rufe ich, Geld, und meine Schwester hält große Stücke auf die Hauptstadt, weil man sie dort nach Strich und Faden ausgebildet hat. Ich weiß das, ich habe Briefe erhalten und Bilder gesehen, überzeugende Fotografien. Schließlich versammeln wir uns jedes Jahr um die Weihnachtszeit um den Esszimmertisch, um einander vor Augen zu halten, wie weit wir gekommen sind. Mein Bruder hat das Gesicht eines Eroberers unterwegs zum Gipfel und meine Schwester das einer Prinzessin. Jedenfalls kommt mir das so vor, wenn sie zwischen den Heugabeln neben mir und Schengen im Schuppen steht und, während ich ihm die rotgrüne Girlande in die Mähne flechte, darauf wartet, dass die Könige kommen.

3.

Aber statt der Könige erscheint in der Schuppentür jedes Jahr nur mein Bruder, der mir die Hand auf die Schulter legt und sagt, da kannst du lange warten, Kleiner Baedeker, du weißt doch genau, wie sinnlos das ist. Du kennst doch die Gegend genau, sie werden nicht kommen, du musst dich schon selbst auf den Weg machen. Nördlich von Kaundorf zum Beispiel liegt die Kapelle von Sankt Pirmin, errichtet über einem kleinen Quellbrunnen, dessen Wasser wundersame Heilkraft nachgesagt wird. Vor allem Kinder, die sich auf ihren Schulwegen zwischen Rindschleiden und Heiderscheidergrund oft und so nachhaltig erkälten, dass sogar die Lehrer den Glauben an Genesung aufgeben und die Eltern jede Hoffnung auf einen ordentlichen Schulabschluss begraben, werden hier von ihrem Gebrechen gründlich geheilt, indem man ihre Köpfe unter das Quellwasser hält. Danach hört man sie nie wieder husten.

Ja, rufe ich, und zum Dank dafür, dass auch wir zu den Geretteten zählen, führt man uns jedes Jahr am Pfingstdienstag in das herrliche Echternach, wo wir in Fünferreihen sortiert tanzen und singen und von einem Bein auf das andere springen, drei Schritte nach vorn, zwei wieder zurück, damit die Prozession sich nicht vor der Zeit auflöst. Und so bleibt mehr als genug Zeit, sich begleitet von fünfzig Blaskapellen gegenseitig zur Strecke zu bringen.

Ich erinnere mich nämlich genau, wie unsere Mutter jahrelang Milch und Wurst in unsere Rucksäcke gepackt und uns auf die mühsame Wanderschaft geschickt hat, weil nur wer sich auf eigenen Beinen der heiligen Stätte nähert, sein Heil zu erhoffen hat. Während mein Vater laut lachte und sagte, auch diesmal werde er uns nicht begleiten, denn er habe sich gegen nichts zu schützen. Nicht gegen die hierzulande weit verbreitete Krankheit der Nerven und gegen die Fallsucht schon gar nicht. Er musste stattdessen Häuser aufrichten, den Menschen Dächer über dem Kopf verschaffen, und konnte seine Zeit nicht zwischen Leichtgläubigen vertun.

Aber wir liebten diese Wanderungen von Troisvierges

nach Echternach, weil wir damals noch eine richtige Familie mit richtigen Namen waren. Mein Bruder hieß Willibrord, meine Schwester Spes, und ich war weit entfernt davon, der zu sein, der ich heute bin, zwei Schritte nach vorn und drei wieder zurück. Ja, ich drehte mich, sobald wir die Ortsgrenze erreicht hatten, nicht einmal mehr nach meiner Mutter um, wenn sie uns atemlos nachgelaufen kam, weil wir wieder die Taschentücher vergessen hatten, die für die Prozession unerlässlich sind. Denn in Echternach hält man sich nicht bei den Händen, sondern ausschließlich bei den Taschentüchern, die am Ende eines langen Tanztages nicht mehr weiß, sondern gelb sind wie die Knochen Sankt Willibrords unter dem Dach der Basilika.

So gehen wir unserer Wege und erzählen uns gegenseitig die Geschichten von unseren Lieblingsheiligen. Allen voran die von Willibrord, der jederzeit Wasser in Wein verwandelt. Wie lässig er seinen Stab in die halb leeren Fässer taucht, damit sie sich über Nacht wieder füllen. Und so kommt es, dass auf den unzähligen Statuen, die die Wegränder säumen, dem durstigen Wanderer hin und wieder eine überlaufende Tonne erscheint.

Schön ist auch die Geschichte von Schetzel, denn er nährt sich von nichts als von Kräutern und Wurzeln, schläft auf der rauen Erde und weiß genau, wer am nächsten Tag auf Besuch kommt in seine heilige Höhle. Wahrscheinlich hat er das zweite, womöglich sogar ein drittes Gesicht. Den Besuch von Pilgern riecht er von weitem, er kennt ihre Fragen in- und auswendig, denn die Fragen sind immer dieselben: Woher kommen wir, wo sind wir, wohin gehen wir? Und sollte er trotzdem nicht ewig leben, werden alle Glocken der Gegend wie von selbst anfangen zu läuten und danach in ihrem Jammer heulen wie Hunde.

Auf der Grundlage dieses sicheren Wissens sind wir durch und durch furchtlos geworden. Wir fürchten nicht Freund noch Feind, nicht die sinkende Sonne, nicht den kommenden Tag und auch nicht die Nacht, obwohl nachts das Gelände nicht nur einem Fremden undurchdringlich erscheinen muss. Aber da wir wissen, dass wir in nichts als einem heiligen Irrtum befangen sind, lassen wir uns nicht aufhalten, sondern wandern immer der Nase nach, vermutlich geradeaus und nach vorn ein Gesicht, das einer Mondlandschaft gleicht. Wie ja alle Gesichter im Angesicht Gottes nichts als entleerte Landschaften sind, trübe Aufzeichnungen eines flüchtigen Geistes in einem kurzen, verschwindenden Moment zwischendurch, wie mein Bruder es ausdrücken würde, gesetzt den Fall, die Rede am runden Tisch käme noch einmal auf Echternach.

Viel wahrscheinlicher ist aber, dass mein Bruder das alles längst vergessen hat, um nicht zu sagen, er hat es gestrichen, ja, man muss annehmen, dass alles dies sich vor der Zeit aus seinem Gedächtnis verabschiedet hat, lange bevor er beschloss, uns auf immer zu verlassen, denn er hat sich früher verabschiedet als erwartet. Und hätte er wirklich noch einmal gewagt, in dieser Sache seine zweifelnde Stimme zu erheben, wären wir mit Sicherheit dazwischengegangen, Aussage gegen Aussage, meine Schwester und ich. Denn wir lassen uns nicht ungestraft die Butter vom Brot unserer Erinnerungen nehmen, auch wir haben etwas zu verteidigen und zu vertreten, obwohl wir genau wissen, dass er besser reden kann als wir.

Denn reden kann unser Bruder, kann reden, dass sich die Tische biegen, bis sich alles in nichts auflöst, bis das Geschirr vom Tisch verschwindet, bis Munter zu winseln beginnt, bis das Nackenhaar der Katze sich sträubt, bis meiner Mutter das Haar zu Berge steht. Er redet, wie andere Berge versetzen, die Suppe redet er kalt, bis der Kuchen im Ofen schwarz wird, bis das Brot verbrennt, er bringt mit seinen Reden den Schnee zum Schmelzen und redet das Wasser zu Eis, er redet sich selbst um Kopf und Kragen, bis am Ende nichts als ein Hemd, seine leere Haut, zwischen uns am Tisch sitzt. Und wenn wir ihn längst nicht mehr sehen oder nur noch mithilfe des Fernrohrs von weitem, weil sein Reden stündlich, sekündlich dazu beiträgt, dass wir ihn aus den Augen verlieren, weil wir seiner Stimme beim besten Willen nicht mehr folgen können, wird seine Stimme an unserem Tisch trotzdem nicht verstummen, denn mein Bruder wird es niemals lassen können, die Stille in ihrer Stille zu stören. Und wer möchte ihm das verübeln, ist es doch seine Stimme, die uns wieder und wieder daran erinnert, dass wir noch längst nicht am Ende dessen angekommen sind, was zu hören wir in der Lage sind.

Schließlich ertragen wir mehr als andere. Wir ertragen nicht nur seine, sondern auch die Stimme des heiligen Quiriacus, dessen Bildnis eines Tages die Mosel heruntergeschwommen kommt, um an einer Viehtränke von sechs Waschweibern Halt zu machen, die es in den Strom zurückstoßen wollen, weil sie meinen, das Dorf besitze Heilige und Heiligenfeste genug für ganze Busladungen voller Touristen. Aber da richtet das Bild sich gerade auf wie eine Kerze und spricht: Ihr werdet euch noch glücklich schätzen, durch Hecken und Stauden zu mir zu kommen. Denn in ihrer seltsamen Not marschieren die Frauen bis heute an den Ufern der Mosel auf und ab und rufen wieder und wieder nach ihm.

Was nichts daran ändert, dass ich persönlich nicht Schetzel und auch nicht Quiriacus sein möchte, sondern am liebsten immer noch Veit. Der heilige Veit ist zwar nicht stark, aber schön, vor allem aber ist er begabter als alle anderen Heiligen zusammen. Und wieder und wieder bedränge ich meine Mutter mit dieser Frage, warum ich seinen Namen nicht tragen darf, warum sie mich nicht nach ihm benannte, nach dem besten Tänzer und Geiger des Landes. Und sie schüttelt den Kopf, lacht zärtlich und sagt: Das weißt du doch selbst, du weißt doch selbst, wie klein du bist, und Veit, das weiß jeder, war wirklich ein Langer und spielte die Geige wie nichts. Während ich bis heute nicht in der Lage bin, ein Instrument zu bedienen.

Ja, ich weiß immer noch nicht, wie man die Trommeln von den Zimbeln, die Zimbeln von den Trompeten und die Trompeten von den Geigen unterscheidet. Er dagegen, das ist offensichtlich, versteht wirklich etwas von der Musik. Wie sonst hätte er mit nichts als einer Frau und einer Geige den ganzen Weg von hier bis nach Bethlehem zurücklegen können? Wie sonst hätte er den Anblick der Mutter mit dem Kind ertragen und den der drei Könige, ganz zu schweigen von dem der drei Räuber, denen er, um seine Geige zu retten, die Frau überlässt?

Und als er schon auf der Leiter steht, auf der Leiter zum Galgen, den Strick um den Hals, bittet er noch ein letztes Mal um sein herrliches Instrument. Man reicht ihm die Geige, und siehe, er spielt bezaubernde Weisen, auf einmal beginnt jetzt alles zu tanzen, einen endlosen, einen rasenden Tanz. Es tanzen die Männer, Frauen und Kinder, der Ankläger tanzt und der Leichenwäscher, es tanzt der Sargmacher neben dem Richter, es tanzt der Leichenschmaus in den Töpfen, es tanzt der Strick in der Hand des Henkers, es muss auch der Henker selbst jetzt tanzen, auch das von der Weide heimkehrende Vieh kann nicht anders, die Rinder und Schafe, die Bäume, die Gräser, der Hund und sein Schäfer, es fliegen die Arme, die Hufe und Beine, und immer noch spielend, steigt Veit von der Leiter, durchschreitet die Menge, und niemand hat ihn je wieder gesehen.

Aber alle, die unter dem Galgen stehen, werden nicht aufhören zu tanzen, sogar die Verwandten des Musikers tanzen sich bis zu den Knien in die Erde hinein. Nur Willibrord kann ihnen die Strafe erlassen, und tut er das nicht, dann tanzen sie weiter bis an den Jüngsten Tag, bis die Glocke sich müde im Untergrund regt.

Doch so herrlich die Prozessionen auch waren, das Schönste kam immer am Schluss, wenn wir am Ende eines langen ermüdenden Tanztages, in den Fäusten die schweißgelben Taschentücher, jedes Jahr wieder aufs Neue bei Frau Conzemius einkehren durften. Einer herrlichen Dame mittleren Alters, die unsere unumstößliche Wirtin war und uns jedes Jahr mit derselben Sorgfalt das kleine Zimmer unter dem Dach ihres schmalen Hauses einrichtete. Das Echternachzimmer, wie Frau Conzemius sagte, ein Fenster, drei Feldbetten und in der Ecke unter dem Fenster eine

Matte aus Bast für den Hund, von dem sie genau wusste, dass er auch zu Pfingsten Nüsse wie nichts aus dem Flug fängt.

Frau Conzemius wusste nämlich alles, auch wenn sie niemals die geringsten Anstalten machte, selbst an den Prozessionen teilzunehmen. Zu alt, sagte sie, lachte und warf ihren Kopf zurück, womit sie uns zu verstehen gab, dass sie alles andere als alt war, dass sie genau genommen von Jahr zu Jahr jünger wurde. Und gesetzt den Fall, sie würde wirklich noch einmal so jung werden, dass jemand sie zum Tanzen drängte, würde sie auch dann mit Sicherheit etwas Besseres zu tun haben als zwei Schritte nach vorn und drei zurück, weil sie es vorzog, Betten zu beziehen und Suppen umzurühren. Sie hatte alle Hände voll damit zu tun, sich zu wappnen gegen dieses unberechenbare Bataillon der Pilger, Tänzer und Beter, des Herrgotts ganzen erbärmlichen Spielmannszug, rief sie, warf den Kopf in den Nacken und hatte kein einziges graues Haar.

Jedes Mal wenn der Pfingstdienstag näher rückte, baute sie dieses Haar in ihrem kräftigen Nacken zu einem herrlichen Knoten und bereitete sich mit heftig geröteten Wangen auf den Kriegszustand vor. Denn seit Jahren lebte sie von diesen Gästen und Pilgern, dieser mit feuchten Taschentüchern bewehrten Truppe, die sich in ihrem Haus breit machte und in ihre Küche und ihr Badezimmer drängte mit einem Anspruch auf Dasein, der bei näherem Hinsehen, wie mein Bruder notierte, zum Ersticken war, weil kein Platz zum Atmen blieb.

Denn im Flur stapelten sich Trompeten und Pauken, und auf den Treppenstufen fiel man im Dunkeln über Trommeln, Geigen und Becken. Das ganze Haus war erfüllt von dem schrecklichen Kriegslärm eines Tages, der jedes Jahr wieder der jüngste war für die heimkehrenden Fallsüchtigen, von denen kaum einer in sein Zimmer zurückfand. Nicht die hinkenden Frauen, nicht die weinenden Kinder, nicht die seltsamen Männer mit den zu großen Köpfen, deren Gesichter unter den Anstrengungen des Tages einen Schaden genommen hatten, der, wie mein Bruder sagte, auch unter den unbezwingbaren Eisen von Frau Conzemius nicht wieder auszubügeln war.

Aber unterschiedslos, gleich, woher sie kamen und wohin sie nachher gingen, gruben sie alle unerschütterlich ihre Messer in die Brote von Frau Conzemius, Brote, deren Duft noch heute durch die Treppenhäuser meiner Erinnerung zieht. Ein kräftiger und zugleich flüchtiger Duft, so kräftig und flüchtig wie jener andere, den Frau Conzemius unter den Achseln trug. Ich kann das bezeugen, sie roch niemals nach Schweiß, ja, es schien, als bliebe nichts an ihr haften von den Anstrengungen des Tages, und während alle anderen Taschentücher schon gelb waren, waren ihre immer noch weiß und gestärkt wie ihre Schürzen, als käme die ganze Gestalt samt Knoten und Schürze aus der Wäscherei von nebenan.

Die schwitzenden Gäste wurden nicht müde, in ihre Brote zu beißen und die mitgebrachten Kellen in ihre Suppen zu tauchen. Und vor lauter unstillbarer Sehnsucht nach Lagerfeuern, denn sie wollten gar keine Pilger, sondern viel lieber Pfadfinder sein, schlugen sie sich um die knappen Plätze am Herd in der engen Küche von Frau Conzemius. Nachts rissen sie die Fenster weit auf und heulten wie Hunde bis zum Morgengrauen den Mond an, hielten ihre Taschentücher aus den Fenstern und winkten verzweifelt wie Schiffbrüchige in den Nachthimmel hinaus. In diesen beschränkten Himmel eines lächerlich kleinen Landes, in dem niemand, wie mein Bruder auf dem Rückweg bemerkte, die geringste Ahnung davon hat, was es mit dem Meer auf sich hat, weil es hierzulande kein Meer gibt, keine Schiffe und keine Matrosen, weshalb es so schwer ist, einen Ausgang zu finden, durch den man endlich seinen Abschied nehmen könnte.

Aber wie groß der Andrang auch sein mochte, in all den Jahren hat Frau Conzemius niemals jemanden über die Schwelle unseres Echternachzimmers kommen lassen. Jedes Jahr waren wir aufs Neue ihre Ehrengäste. Auf uns ließ sie nichts kommen. Kein Zweifel trübte unsere Vorfreude, keiner die Reise und keiner Empfang oder Abschied. Sie war für uns da wie niemand sonst, sie nahm uns ohne Einschränkung auf, auch wenn meine Mutter längst nicht mehr in der Lage war, den angemessenen Preis zu zahlen. Bei Frau Conzemius, bei ihr und sonst nirgends, war unumstößlich das Paradies. Und Frau Conzemius wusste das, sie hat uns niemals verraten.

Sogar jetzt, nachdem wir uns längst entschlossen haben, den Weisungen unseres Vaters zu folgen und auf Prozessionsgänge nach Echternach zu verzichten, bin ich davon überzeugt, dass Frau Conzemius auf uns wartet. Immer noch hält sie uns das kleine Zimmer unter dem Dach frei, ein Fenster, drei Feldbetten, in der Ecke neben der Tür den Platz für den Hund und neben dem kleinen Waschbecken unter dem halb blinden Spiegel das immer noch heiße Eisen, mit dem sie meiner Schwester beigebracht hat, wie man fremde Schürzen bügelt.

4.

Schürzen, in denen man Könige empfängt. Aber statt der Könige kommen andere Leute, Touristen, Geschäftsreisende, Rentner und Journalisten, gelegentlich auch Paare auf Hochzeitsreise, die meine Schwester daran hindern, ihrer Arbeit nachzukommen, weil sie ihre Betten niemals verlassen und meine Schwester ihnen das Essen auf den Zimmern servieren muss. Leicht ist es nicht, den Anblick ihrer angestrengten Gesichter zwischen den Kissen zu ertragen, lauter Gesichter, die versuchen, glücklich auszusehen, in Wirklichkeit aber maßlos erschöpft sind von der allzu großen Aufgabe.

Wie ich diese Geschichten liebe, die Vorstellung der Gesichter dieser Hochzeitsreisenden, die meine Schwester daran hindern, ordnungsgemäß ihre Arbeit zu tun. Ich rieche es förmlich, wie die Luft in den Zimmern dick wird, denn nie wollen die Hochzeitsreisenden, dass man frische Luft hereinlässt, weil sie befürchten, schon durch die geringste Öffnung nach draußen einander wieder abhanden zu kommen. So sehr sind sie umeinander bemüht, dass sie manchmal, wenn meine Schwester mit einem schwer beladenen Tablett vor der Tür steht, gar nicht mehr öffnen wollen, plötzlich vorgeben, keinen Hunger mehr zu haben. Nein, kein Hunger, rufen sie dann von drinnen, die Männer lachend, die Frauen kichernd, stellen Sie das Tablett einfach ab, gehen Sie wieder, machen Sie sich einen schönen Tag, wir geben Ihnen frei, nur lassen Sie bitte die Flaschen stehen.

Wenn meine Schwester später wiederkommt, ist das Essen kalt, die Flaschen allerdings sind verschwunden, das heißt nur die vollen, die leeren dagegen stehen die Wände der Flure hinunter Spalier, und hinter den Türen ist es still geworden. Manchmal hält meine Schwester ihr Ohr gegen die eine oder andere Tür, um die Geschichten des Glücks zu vernehmen, die sich, wenn ich ihren Erzählungen glauben darf, in allen Städten Europas nur geringfügig voneinander unterscheiden. Das eine oder andere Detail vielleicht, so wie zum Beispiel die Etiketten der Flaschen in Prag von denen in Paris. Auch die Kostüme der Bräute und die Anzüge der Bräutigame unterscheiden sich voneinander, je weiter man nach Osten kommt, desto fadenscheiniger wird der Stoff. Aber das alles, behauptet meine Schwester, ist unerheblich, denn alles andere ist überall gleich, das haltlose Kichern am ersten, die Versprechungen am zweiten und das leise Weinen der Braut am dritten Tag.

Spätestens am vierten Tag herrscht Ruhe. Es folgt das hastige Packen der Koffer, dann endlich reisen sie ab, und die Zimmermädchen stürmen die Zimmer, um alles Mögliche zu finden, dicke Luft, langsam verfaulende Blumensträuße, halb leere Flaschen und zerknüllte Taschentücher in großen Mengen, nur Trinkgelder finden sie nie. Überhaupt soll, wer auf Trinkgelder setzt, sagt meine Schwester, seine Zeit nicht mit Hochzeitsreisenden verschwenden. Viel lohnender ist es, sich auf den Fluren allein reisender Herren herumzutreiben, sich ein wenig länger mit der Reinigung des Badezimmers aufzuhalten, denn erfahrungsgemäß ist es nur eine Frage der Zeit und der Ausdauer, bis schließlich einer von ihnen dem zuständigen Zimmermädchen den entsprechenden Schein in die Tasche steckt.

Natürlich sind auch in Bezug auf allein reisende Herren Irrtümer möglich, wie man sich überhaupt immer wieder täuscht in Besuchern und Gästen. Das weiß ich selbst nur zu gut, denn meistens sind es gerade jene, die sich während der Führungen besonders dicht an mich herandrängen, jene, die alles ganz genau wissen wollen, die mir, noch während ich spreche, das Visier meines Helms herauf- und herunterklappen, sich am liebsten neben mich in die Rüstung stellen würden und es auch nicht lassen können, meinen Hund anzufassen, meinem Pferd in die Mähne zu greifen und zu rufen: Das soll ein Streitross sein, und das Schwert, wo ist denn das Schwert, und wo ist das Brettspiel und wo Ihre Dame?, genau die sind es, die am Ende überhaupt nichts geben, wohingegen die scheinbar Teilnahmslosen, die während der ganzen Führung keine Miene verziehen, plötzlich unvermutet ihre Börsen aufreißen und den ganzen Inhalt über mir ausschütten. Vermutlich haben sie einfach Mitleid mit mir, vielleicht auch mit Munter, ganz sicher mit Schengen, denn das Tier macht wirklich keine gute Figur. Sein Fell ist im Laufe der Jahre irgendwie stumpf geworden, auch wenn ich alles dafür tue, es vor jeder Führung erneut auf Hochglanz zu bürsten.

Wahrscheinlicher ist aber, dass sie bereit sind, alles zu geben, damit ich endlich aufhöre zu sprechen, diese Geschichten von Bäckern und Keramikfabrikanten zu erzählen, die in einen privaten Handel mit Königsgebeinen eingetreten sind, von Glockengießern, die mitten im Guss zwischen den Wänden ihrer Glocken verschwinden, von anderen, die beim Schwingen der Glocke die Kraft in den Armen verlieren und aus den hohen Kirchenfenstern hinabstürzen. Ja, vermutlich sind ihnen diese Geschichten zu unappetitlich, vielleicht ist ihnen meine Stimme zu laut, meine Begeisterung zu groß, vielleicht missfällt ihnen auch die Tatsache, dass ich, obwohl ich das hartnäckig verschweige, keinen Schulabschluss habe. Oder es ist der Stil meiner Rede, die Darstellung der Ereignisse insgesamt, weil ich hier und da gern etwas hinzufüge, da und dort dagegen etwas weglasse.

Aber anders ist dieses Geschäft ja überhaupt nicht zu betreiben, denn was kann ich dafür, dass die Geschichte so beschaffen ist, dass sie aus nichts als lauter Geschichten besteht, aus einer endlosen Fülle verwechselbarer Gebeine und Namen. Wie soll man sie unterscheiden? Johann den Blinden von Johann dem Kühnen, Karl den Kahlen von Karl dem Großen, Ludwig den Frommen von Ludwig dem Stammler, den einfältigen Karl von Karl dem Dicken, Karl den Dicken von Pipin dem Buckligen, den Bischof Drogo von Hugo dem Abt, die Konkubine Madelgard von der Äbtissin Theodrada, die ostfränkischen Könige von den westfränkischen, die Franzosen von den Spaniern, die Engländer von den Elsässern, die Burgunder von den Wallonen, die Böhmen von den Wilwerwiltzern und die Wilwerwiltzer von den Knaphoscheidern? Und wie soll man allen Ernstes die Knaphoscheider von den Belgiern unterscheiden und die Belgier von den Deutschen und die Deutschen, die man sowieso von niemandem unterscheiden kann, von den Luxemburgern und ihren in Holz gehauenen Jungfrauen? Ich versuche ja nur, für ein bisschen Ordnung zu sorgen in dieser Fülle geopferter Damen und stürzender Boten, deren Nachrichten immer zu spät kommen. Längst hat man den Arzt in den Sack genäht, und ab in den Fluss.

Und was bleibt am Ende übrig? Ein paar Heugabeln und Gewehre, ein Saal voller schlafender Wärter und Wächter, pfeifende Pechnasen, leere Rüstungen, leere Helme, leere Betten, Aborterker, die kein Mensch mehr benutzt, Türme, durch die der Wind geht, und andere Türme aus Büchern, die langsam, vergilbenden Kathedralen gleich, auf unserer Fensterbank in der Küche nach unten sinken, um im Herbst nichts anderes zu hinterlassen als lose Blätter und Staub und die Erinnerung an eine kleine Gruppe fröstelnder Touristen, denen die Winter in den Ardennen zu kalt sind. Und die Tatsache, dass im Burghof ein beheizbarer Bus steht, bedeutet gar nichts, denn wer kann Ihnen heute noch garantieren, dass, wenn die Führung beendet ist, der Bus wirklich noch da ist?

Nehmen Sie das nicht auf die leichte Schulter, denn Sie dürfen sicher sein, dass hierzulande im Zweifelsfall eine einzige gestohlene Kuh genügt, um zwei einander feindlich gesinnte Parteien jahrelang in einen Krieg zu verstricken. Ich begleite Sie gern auf die Kuhkriegsroute, in jeder Karte ist dieser Weg verzeichnet. Hier, wo das Kreuz ist, an diesen freundlichen Baum hat man ohne Pardon und Gericht den Dieb gehängt, einen harmlosen Bauern. Nur stand der Baum auf der falschen Seite, nämlich nicht im Gebiet des Delinquenten, was der Landesherr nicht hinnehmen konnte, weshalb er so laut zu den Waffen rief, dass mir während meiner Führungen wieder und wieder Zweifel darüber kommen, was für Tiere wirklich in unseren Wäldern hausen und ob es nicht womöglich fahrlässig ist, wenn ich den Besuchern gegenüber behaupte, es seien nur noch die Kühe da, die Wölfe dagegen seien ausgestorben. Ja, mache ich mich nicht sogar strafbar, wenn ich hartnäckig verschweige, dass man noch immer den Herzschlag des Ungeheuers vernimmt, das sich verwundet in die Wälder zurückgezogen hat, um eines Tages, wenn niemand mehr damit rechnet, zurückzukehren, um seine Rechnung ein für alle Mal zu begleichen?

Denn jederzeit könnte irgendetwas vom Himmel fallen, oder die Erde täte sich auf, oder der Wurm wälzte sich aus den Wäldern heraus, um den Bus zu verschlingen. Oder der Bus würde sich einfach in völliger Stille ganz ohne jedes Zutun der Natur in Luft auflösen, weil der Busfahrer vermutlich nicht auf ein größeres Unglück angewiesen ist. Es würde vollkommen reichen, dass er einfach davonfährt, weil er die Lust verliert zu warten, bis die Gruppe endlich zurückkehrt. Denn genau genommen hat auch der Fahrer des Busses nicht viel mehr von den Gästen zu erwarten als meine Schwester und ich. Auch er bekommt selten ein Trinkgeld, gelegentlich vielleicht eine Schachtel Zigaretten dafür, dass er ein Foto macht von dem einen oder anderen Paar.

Damit hier kein Missverständnis aufkommt, meine Schwester und ich, wir lieben unseren Beruf. Ich sehe das an ihrem Gesicht, wenn sie kurz vor der Abreise ihre Schürzen bügelt, und auch mir wird es schwer, die Weihnachtstage ohne eine einzige Führung zu überstehen. Munter drängt es hinaus zur fünfundneunzigsten Burg, und sogar Schengen wird unruhig im Stall. Und so vertreiben wir uns die Zwischenzeit, so gut es geht, indem wir Nüsse knacken und für den Rest des Winters Feuerholz stapeln, bis die Saison wieder beginnt.

So ist es bei uns kurz vor Weihnachten, und wir würden, schon unserer Mutter zuliebe, alles das gern einmal im Jahr ertragen, wäre da nicht die quälende Unruhe meines Bruders, der als Letzter anreist, um als Erster wieder zu verschwinden, und die Zeit dazwischen anfüllt mit der ganzen Kraft seiner Negation. Mit großen Geschichten darüber, wie die Welt in Wirklichkeit beschaffen ist und dass wir nichts wissen von dem, was sich außerhalb unseres Landes abspielt, dass unsere Tage gezählt sind und dass sich niemand hier an unserem Tisch einbilden soll, dass er eine Ausnahme machen könnte.

Genau das hat mein Bruder gestern gesagt, mit Absicht natürlich, am Vorabend meines Geburtstages, und hinzugefügt, dass die Welt viel zu klein geworden ist für Ausnahmen und dass ich mir nichts darauf einbilden soll, dass ich zwischen den Ginsterbüschen sitzen geblieben bin und immer noch Girlanden flechte, den einen oder anderen Stern verteile und darauf warte, dass eines Tages die Glocke zu läuten beginnt. Denn da, rief mein Bruder und schlug triumphierend mit der Faust auf den Tisch, da kannst du lange warten, Kleiner Baedeker, sie wird nicht läuten, sie ist ein für alle Mal verstummt, wie überhaupt alles langsam verstummt auf diesem alten staubigen Kontinent, der nichts anderes ist als ein gigantisches Museum voller lächerlicher Restbestände, dessen Bewohner sich immer noch für Gerettete halten.

Was heißt schon gerettet, wollte ich rufen, aber ich habe geschwiegen, denn schließlich hat mein Bruder studiert, die gesamte Geschichte der Kreuzzüge und Eroberungen. Wahrscheinlich hat er sogar einige Arbeiten zu diesem Thema verfasst, hat sich Tage und Nächte in Bibliotheken um die Ohren geschlagen, hat gelesen, geschrieben, verworfen und wieder geschrieben und wieder gelesen und nochmals verworfen, und wahrscheinlich hat er in all der Zeit keinen Fuß vor die Tür gesetzt, ist überhaupt nicht an die frische Luft gekommen, hat nicht gegessen noch getrunken, während ich meinem Vater die Thermoskanne und die Schnitten hinterhergetragen habe und ihm dabei zusah, wie er langsam vom Dach fiel, eine Weile liegen blieb und dann unerwartet doch wieder aufstand, um an den Tisch zurückzukehren und sich hinter der Zeitung zu verbergen, die jetzt langsam auf die Tischplatte sinkt.

Die Stimme meines Bruders wird lauter, das Gesicht meiner Mutter länger, meine Schwester beginnt leise zu lachen, und die Katze erhebt sich aus ihrem Korb, weil der Ort ihr nicht mehr ganz sicher erscheint. Wir alle sehen sein Gesicht und den Schaden, den es genommen hat. Dann faltet er die Zeitung zusammen und lässt sie wie einen kleinen kräftigen Prügel mit einem lauten Knall auf die Tischkante sausen.

So, sagt mein Vater laut und vernehmlich. So erwischt man die Mücken in fernen Ländern.

5.

Im darauf folgenden Jahr blieb der Platz meines Bruders am Tisch leer. Meine Mutter versuchte, ihre Enttäuschung darüber zu verbergen, indem sie wieder und wieder von einem großen Forschungsauftrag sprach und von einem Schuhkarton voller Briefe und Postkarten aus allen Städten Europas, den allerdings nie jemand von uns zu sehen bekam. Mein Vater dagegen behauptete, mein Bruder habe ein Schiff bestiegen, um Europa bis auf weiteres zu verlassen. Denn was ein richtiger Jäger ist, sagte mein Vater, der hält sich nicht in Vorgärten auf, auch nicht in Museen, der taucht nicht eher auf aus den Wäldern, bevor er die Bestie zur Strecke gebracht hat. Welche Bestie, wollte ich fragen, den Wolf, das Wildschwein oder den Wurm?

So viel ist sicher, mein Bruder hat es satt, die stillen Rollen zu geben, den Ochsen oder den Esel. Dafür fehlen ihm Sitzfleisch und Stehvermögen, und so hat er sich vermutlich ein paar Männern aus der Gegend angeschlossen, die ihn mit sich genommen haben unter dem Vorwand, sie seien unterwegs in ein anderes Land, um Berbioletten zu jagen. Tiere, die man, wie ich dem Handbuch der Zoologie entnehme, das mein Bruder neben ein paar anderen auf der Fensterbank in der Küche zurückgelassen hat, hier nicht zu sehen bekommt, weil es in unserem Land weder eine Universität noch einen Zoo gibt.

Zwar sind keine Abbildungen in dem Buch, aber es müssen herrliche Tiere sein, diese Berbioletten, mit einem Fell, von dem man nur träumen kann. Nicht nur vielfarbig und schön, sondern vor allem warm, sodass es eine Freude sein muss, während der langen Raunächte darunter zu schlafen.

Und wenn mein Bruder einmal zurückkommt mit seiner Beute, werden mein Vater, meine Mutter und ich ein für alle Mal die Hände in den Schoß legen. Wir werden endgültig reich sein und nie wieder frieren, und ich werde meine Zeit nicht mehr in zugigen Burgen verbringen. Ich werde Schengen eine Decke aus Berbiolettenfell nähen und Ohrenschützer für Munter, und meiner Schwester nähe ich eine kleine Schürze aus Berbiolettenfell, mit der sie in allen Hotels dieser Welt höchste Ehre einlegen wird. Sie wird das schönste Zimmermädchen von allen sein und deshalb innerhalb kürzester Zeit überhaupt kein Zimmermädchen mehr, sondern eine Prinzessin. Aber ein allein reisender Herr, ein aufmerksamer Forschungsreisender vermutlich, wird das Fell auf den ersten Blick erkennen, meine Schwester beiseite nehmen, ihr einen größeren Schein in die Tasche stecken, und hinter vorgehaltener Hand wird er sie fragen: Woher haben Sie das? Wo haben Sie es gefunden?

Und meine Schwester, die mittlerweile über die nötige Menschenkenntnis verfügt, wird sich zurückhalten, wird den Blick erst senken, ihn dann ein wenig heben, dann wieder senken, wird wie nebenbei mit dem Staubtuch über die Fensterbank gehen, wird sich dann umdrehen und im Badezimmer verschwinden, wo sie sich, statt das Waschbecken zu reinigen, unauffällig vor dem Spiegel die Lippen nachzieht, so schnell und unauffällig, dass es nicht einmal der Forschungsreisende bemerkt. Dann wird sie in der geöffneten Badezimmertür stehen und sich die Hände an der Schürze aus Berbiolettenfell abwischen, als wäre das das Selbstverständlichste von der Welt. Erst dann wird sie den Kopf wirklich heben, offenen Auges wird sie dem Forschungsreisenden ins Gesicht sehen und sagen: Mein lieber Herr, das wissen Sie doch viel besser als ich.

Und der Herr wird wie vom Donner gerührt in der geöffneten Badezimmertür vor meiner Schwester stehen und sich fragen, wie das passieren konnte, dass ihm ein Zimmermädchen in Lissabon in dieser entscheidenden Sache zuvorgekommen ist. Er wird sich drehen und winden, wieder und wieder wird er versuchen, meiner Schwester erst das Geheimnis, dann aber die Schürze zu entreißen, denn wie allen echten Jägern fällt es ihm über die Maßen schwer, sich im Angesicht der Beute zurückzuhalten. Dabei müsste ein Doktor doch wissen, dass man Zeit, Geduld und Ausdauer braucht, vor allem, was meine Schwester betrifft, denn meine Schwester hat sich auch im dritten Jahr ihrer Ausbildung im europäischen Hotelgewerbe von nichts und niemandem hinreißen lassen.

Oder womöglich doch? War es nicht vielleicht möglich, dass bereits in Straßburg, Wien oder Lille, auf den endlosen Fluren zwischen den Zimmern, unvermutet jemand in ihr Leben getreten war, dessen Existenz sie seit drei Jahren zu Weihnachten hartnäckig vor uns zu verbergen versuchte, was ihr nur zur Hälfte gelang? Denn sosehr sie sich auch bei Tisch bedeckt hielt, wenn sie im Schuppen zwischen den Heugabeln und Stöcken stand und mir dabei zusah, wie ich Schengen die Mähne flocht, löste sich auf einmal ohne jedes Zutun ihre Zunge, und sie wurde so redselig, dass ich den Verdacht nicht loswerden konnte, es sei nichts anderes als das Herz selbst, was ihr so schwer auf der Zunge lag.

Ich weiß das, denn ich bin nicht umsonst Glockenfachmann und Jungfrauenexperte geworden. Ich habe in all den Jahren, im Gegensatz zu meinem Bruder, der ausschließlich mit sich selbst beschäftigt ist, einen untrüglichen Blick dafür entwickelt, wann es jemanden erwischt hat. Ich sehe genau das Leuchten in den Augen meiner Schwester, wenn sie davon redet, dass die Könige kommen. Was für Könige denn, rufe ich, nur zum Schein natürlich, weil ich genau weiß, wovon sie spricht.

Aber ich kann es nicht lassen, leise weiterzufragen, wie zum Beispiel sie aussehen, diese Könige, was für Mäntel und was für Mützen sie tragen. Umhänge aus Samt und Kronen womöglich? Und worauf reiten sie? Auf Pferden, Elefanten, Kamelen? Tragen sie Sterne oder nicht, singen sie oder singen sie nicht, und haben sie etwas mitgebracht? Und sind sie wirklich bereit, alles zu geben, oder erkennt man schon von weitem, dass sie nicht die geringste Absicht haben, ihre Beutesäcke zu öffnen und mit irgendjemandem zu teilen? Und wenn sie schon nichts zu verschenken haben und auch nicht teilen wollen, werden sie dann, um uns wenigstens in Erinnerung zu bleiben, das eine oder andere Stück einem der hiesigen Museen vermachen?

Meine Schwester lachte, legte mir den Arm um die Schultern und sagte leise: Es wird höchste Zeit, Kleiner Baedeker, dass du endlich deinen Schulabschluss machst, du hast ja nicht die geringste Ahnung, wie die Dinge sich wirklich verhalten. Aber ich sah ganz genau, wie sehr sie in Verlegenheit geraten war, denn sie warf, schneller, als er sie aus der Luft fangen konnte, Munter eine Nuss nach der anderen zu. Und als keine Nüsse mehr da waren, fuhr sie immer wieder mit den Fingern durch die Girlanden, die ich Schengen in die Mähne flocht, und hörte erst auf, als sich plötzlich zwischen den Ohren des Tieres unsere Hände trafen.

Ich hielt die Hand meiner Schwester, so fest ich konnte, und sagte: Ahnung, was heißt, keine Ahnung. Einen Stern für die drei Könige, die jeder hier kennt, zwei aber für den vierten, den niemand kennt und dem du heimlich jeden Morgen das Frühstück aufs Zimmer bringst, für den du deine Schürzen bügelst, dem du im Foyer die Karten legst, für den du womöglich die Abrechnungen fälschst und alte Illustrierte aus den Zimmern abgereister Gäste zusammensuchst. Zwei Sterne für den, der besser reitet als ich, für den, der Turnierlanzen schnitzt, der Vögel aus dem Flug herab auf die Erde holt, der seinen Hund morgens und abends mit Wasser versorgt und der weiß, dass man Zeitungen nicht nur liest, sondern dass man damit auch die Körper der Pferde trockenreibt, vom Hals hinunter bis zum Huf, weil man das Tier, das uns trägt, niemals schlägt, sondern mit Zuneigung behandelt.

Jetzt reicht es mir aber, rief meine Schwester, du weißt ja nicht einmal, wie man ein Feuer macht in der freien Natur, bist niemals bei den Pfadfindern gewesen, hast nicht den geringsten Begriff von der Welt, von den Wäldern schon gar nicht, auch nicht von Mücken, du Mühlenexperte, der nichts von fließendem Wasser versteht! Schau dich doch an, wie du da stehst, nicht ein einziges Hemd kannst du bügeln, nicht einmal die Nüsse knackst du dir selbst, dafür hast du dir einen Hund angestellt, von den Girlanden ganz zu schweigen.

Aber ich hatte sie längst ertappt, denn sosehr sie auch kämpfte, sich herrlich und schön ins Zeug legte, sie wusste genau, dass es ihr in dieser Nacht nicht gelingen würde, mich zu kränken. Denn einmal im Jahr habe ich das Recht, frei meine Ansichten zu äußern. Ich sah genau, wie ihre Augen glühten, auch ihre Wangen glühten, es war auf einmal regelrecht heiß geworden im Schuppen, eine dicke, süße Luft, dick und feucht wie die Weihnachtspastete kurz vor dem Anschnitt, und Schengen hatte begonnen, unruhig mit den Hufen zu scharren. Nur Munter lag ungerührt zu meinen Füßen und knackte Nüsse, Nuss um Nuss, eine nach der anderen, genau so, wie ich es ihm beigebracht habe, meinem Glockensucherhund.

Aber jetzt, das spürte ich ganz genau, während ich ihre Hand fest in meiner hielt, jetzt wird sie mir alles sagen, sie wird mir die Wahrheit sagen. Und glauben Sie nicht, ich wüsste nicht, was es mit der Wahrheit auf sich hat, was für ein unerträglich großes Wort das ist, was für eine ländliche Prahlerei: die Wahrheit! Aber so ist es nun einmal, dass es sich im Fall meiner Schwester um die Wahrheit und nichts als die Wahrheit handelt. Sie hat sich in einen Ritter verliebt, in einen dieser unmöglichen Menschen, die ihre Rüstung auch nachts im Bett nicht ablegen, zu denen man folglich nicht vordringen kann. Sie hat sich wirklich und allen Ernstes von einem Mann hinreißen lassen, der weder Zeitungen liest noch weiß, wie man Karten spielt.

Weshalb ich jetzt besser verstehe, warum sie um die Weihnachtszeit immer am Tisch im Wohnzimmer sitzt und gegen sich selbst Schach spielt. Ja, auf einmal entschlüsselt sich alles, auch diese leisen, aufgeregten Rufe nach Mitternacht, wenn meine Eltern längst zu Bett gegangen sind und nur noch ich in der Küche sitze, während meine Schwester nebenan Kommandos ausstößt: König zurück, Dame voran, Bauern an die Front, den Turm nach unten, den Läufer schräg, das Pferd um die Ecke.

Alles ergibt sich jetzt im Handumdrehen wie von selbst, die schwarzen Flächen gehen auf in den weißen, alles verschwimmt auf süße und unberechenbare Weise, auch wenn ich zugeben muss, dass sich, wenn ich meine Schwester lange genug von der Küche aus beim Schachspiel beobachte, ein leises Gefühl von Eifersucht in meiner Brust ausbreitet. Denn tief in meinem Herzen habe ich längst die Verfolgung dieses Mannes aufgenommen, dessen Anwesenheit und Abwesenheit mir gleichermaßen unerträglich scheinen, und sosehr ich ihn auch verwünsche, so wenig kann ich ihm verzeihen, dass er in dieser Nacht nicht an unserem Tisch sitzt, um endlich gegen meine Schwester anzutreten, die zweifellos von Jahr zu Jahr besser wird.

Viel schlimmer ist aber, dass dieser Mann im Gegensatz zu mir wahrscheinlich nicht die geringste Ahnung hat von den langen Nächten, die meine Schwester mit dem Brettspiel gegen sich selbst verbringt. Vermutlich weiß er nicht einmal, wie man Kränze flicht, und vertut stattdessen seine Zeit mit irgendeiner Mission, womöglich, genau wie mein Bruder, mit einem sinnlosen Forschungsauftrag, der keinen von uns ein Stück weiterbringt.

Stattdessen sollten sie sich lieber mit diesem Doktor befassen, der offensichtlich nur darauf brannte, gegen meine Schwester anzutreten, der sogar darauf verzichtete, am nächsten Morgen wie geplant das Schiff nach Bombay zu besteigen, und stattdessen anfing, meine Schwester auf

Schritt und Tritt zu verfolgen. Er stieg ihr nach durch die Treppenhäuser vom ersten bis in den zwanzigsten Stock, durchstreifte fieberhaft die Flure, lauerte ihr vor den Fahrstühlen auf und legte ihr Blumen auf die Zimmerschwelle, wobei er, weil er nicht wusste, in welchem Zimmer meine Schwester ihre Nächte verbrachte, jede Nacht die Schwelle wechselte. Und weil sie ihm wieder und wieder entwischte, begann er seine Träger auf ihre Spur anzusetzen, mitgebrachte Männer in gelben Hosen, die keinerlei Sprachen mächtig waren und deren leuchtende Schatten meine Schwester schon von weitem auf den Fluren erkannte.

Nicht dass meine Schwester versucht hätte, sich zu verstecken. Meine Schwester hat nie etwas vom Versteckspiel gehalten, auch nichts von der Jagd, und ist deshalb neben ihrem Korb mit den frischen Handtüchern auf den Fluren stehen geblieben und hat die Träger des Herrn freundlich empfangen, allerdings nichts von dem entgegengenommen, was sie ihr überbringen sollten. Weder die Briefumschläge, in denen sich Fotografien befanden, die Männer mit Gesichtern unterwegs zu den Gipfeln des Himalaja zeigen, noch die Bilder von anderen Männern, die auf Schmetterlingsnetze und Gewehre gestützt in einer indischen Landschaft stehen, einen Fuß fest auf erobertem Boden, den anderen auf dem Kopf eines Tigers.

Kein Zweifel, dass der Doktor mehr als einen Tiger erlegt hatte auf seinem Weg in die Berge, ja, es war offensichtlich, dass er sich mehr mit der Jagd als mit der Forschung befasst hatte. Er konnte ja nicht wissen, wie wenig meine Schwester wirklich von der Jagd hält. Er hatte sie niemals lachen hören. Wie sie lachte, wenn mein Vater jedes Jahr im

Herbst sein Pferd sattelte und sich zusammen mit mir, Schengen und Munter auf den Weg nach Sankt Hubert machte, wo wir mehr als einmal unter dem prächtigen Klang der Jagdhörner zur feierlichen Segnung der Hunde und Pferde in die Kirche eingeritten sind.

Der Ehrlichkeit halber muss ich zugeben, dass mein Vater allein einritt, weil Schengen, Munter und ich keine besonders gute Figur abgeben. Wir mussten uns damit begnügen, vorne am Eingang der Kirche zu warten, bis der großartige Zug, die ganze eingesegnete Jagdgesellschaft der Ardennen, die Kirche wieder verlassen hatte, um danach in den Wirtschaften, Gasthöfen und Metzgereien von Sankt Hubert einzukehren, wo alljährlich die Reiter an großen runden Tischen sitzen, essen und trinken, ihren Hunden unter den Tischen Knochen zustecken und sich gegenseitig auszustechen versuchen mit ihren Geschichten von eroberten Wildschweinen und Jungfrauen.

Mach dir nichts draus, sagte meine Schwester, wenn wir zurückkamen, ich aufrecht, schwer schwankend mein Vater, dessen Gesicht einen gewissen Schaden genommen hatte und dessen Kopf unterwegs immer tiefer auf den Hals seines Pferdes sank, weshalb ich das Pferd meines Vaters beim Zügel nahm und vorsichtig durch die Büsche zog, um meinen Vater nicht zu erschrecken, bis wir den Vorgarten erreicht hatten, wo meine Schwester mir dabei half, ihn vom Pferd zu heben und an meiner Mutter vorbei die Treppe hinaufzutragen.

Mach dir nichts draus, sagte sie. Das Eigentliche klärt sich sowieso nicht in der Kirche, sondern in der Küche oder im Schuppen, wo sie mir auch zum ersten Mal die Geschichte von diesem Doktor erzählt hatte. Und ich lauschte mit offenem Mund. Wieder und wieder wollte ich diese Geschichte hören, vor allem den letzten Teil, in dem der Doktor nach allen Regeln der Kunst meine Schwester zu bestechen versuchte, weit über das vereinbarte Maß einzelner Scheine hinaus, und als auch das nicht verfing, versprach er sogar, sie zu heiraten.

Aber anstatt meiner Schwester dabei tief in die Augen zu blicken, denn ein einziger Blick hätte genügt, um an Ort und Stelle die ganze Sinnlosigkeit seines Antrags zu begreifen, starrte er immer noch unverwandt auf die Schürze aus Berbiolettenfell, worauf meine Schwester beschloss, die Schürze nie wieder abzulegen. Nur wenn sie zu Weihnachten nach Hause kam, nahm sie sie für einen kurzen Moment ab, um sie hinten im Schuppen gründlich auszubürsten.

6.

Erst in der Silvesternacht erfuhr ich die ganze Wahrheit. Nämlich als ich meiner Schwester dabei zusah, wie sie ihren Koffer packte und versuchte, wie nebenbei einen Handschuh unter ihren Schürzen verschwinden zu lassen. Aber der Handschuh war viel zu groß, um einfach so von der Bildfläche zu verschwinden, und obwohl sie den Koffer entschieden zuschlug, sich auf den Koffer setzte und die Arme über der Brust kreuzte, als wollte sie eine Festung darstellen, hörte ich nicht auf zu fragen, denn ich wusste, dass dies meine letzte Chance war, die allerletzte Gelegenheit, weil der Dienstplan meiner Schwester in den letzten Jahren enger geworden ist und man schon absehen kann, dass sie nächste Weihnachten nicht wiederkommen wird.

Und weil ich nicht aufhörte, die Festung meiner Schwester mit Fragen zu bestürmen, erfuhr ich schließlich, dass sie den Handschuh auf einer Straße zwischen Straßburg und Kalkutta gefunden hatte. Sie hatte ihn einfach aufgehoben und in die Tasche gesteckt, das heißt in die Tasche wohl nicht, weil die Taschen ihrer Schürze viel zu klein waren für einen Handschuh, der ganz offensichtlich Teil einer größeren Rüstung war und sich darum auch nicht einfach zusammenfalten lässt, ein sperriges lästiges Stück. Aber sie hütete den Handschuh wie ihren Augapfel, sie bewachte ihn misstrauisch und eifersüchtig, als fürchtete sie, der Handschuh könnte sich, wenn ich nicht endlich aufhören würde weiterzufragen, selbst in seinem Versteck unter ihren Schürzen plötzlich in Luft auflösen.

Ich aber wollte den Handschuh sehen, ihn eingehend betrachten und nicht nur betrachten, ich wollte ihn berühren, anfassen, überziehen, seine ganze Schwere fühlen, sein wahres Gewicht. Zeig ihn mir, rief ich, ich muss endlich wissen, was es bedeutet, einen wirklichen Handschuh zu tragen, einen Handschuh, der bis hinauf zu den Ellenbogen reicht, einen Handschuh, mit dem man kämpfen kann, eine richtige Faust, mit der man mühelos alle Heugabeln auf einmal umfasst. Und nicht nur Heugabeln, sondern auch Gewehre, Stöcke, Schwerter und Lanzen.

Mach dich nicht lächerlich, sagte meine Schwester, du läufst doch selber den ganzen Tag in Rüstung herum, von einer Burg zur nächsten, glaubst du vielleicht, ich wüsste das nicht? Die Nachbarn haben mir oft genug erzählt, wie du dich zum Gespött der Besucher machst, wenn du dir plötzlich den Helm vom Kopf reißt und fragst, ob sie vielleicht auch einmal den Ritter spielen möchten. Dabei wissen diese Gäste doch überhaupt nicht, was das ist, ein wirklicher Ritter. Also wann hörst du endlich auf mit dem Unsinn?

Ja, rief ich, wann höre ich endlich auf mit dem Unsinn, wann mache ich meinen Schulabschluss, wann bekomme ich ein richtiges Pferd? Und wann zeigst du mir endlich den Handschuh, damit ich ein für alle Mal den Unterschied begreife zwischen einer echten und einer falschen Rüstung? Was kann ich dafür, dass man mir nachmittags um halb drei, kurz vor der Führung, immer wieder nichts anderes als dieselbe Nachbildung aus Leichtmetall zur Verfügung stellt? Aber sie haben nichts anderes bei uns im Museum, sind nicht ausgerüstet. Das ist der ganze Grund dafür, dass ich in den letzten Jahren vollkommen herausgewachsen bin aus dieser Leihgabe. Kaum dass die Handschuhe meine Handgelenke bedecken, und der Helm ist mir in der Zwischenzeit so klein geworden, dass ich darunter nur mit Mühe Luft bekomme. Meine Stimme ist atemlos und undeutlich geworden, was übrigens kein Unglück ist, weil sich von den Besuchern sowieso keiner für das interessiert, was ich zu sagen habe.

Warum schiebst du bloß immer alles auf die anderen, rief meine Schwester empört, und auf einmal bekam sie rote Flecken im Gesicht, und die Arme hielt sie noch fester über der Brust gekreuzt, damit auch nicht der geringste Einwand Platz zwischen ihren Ellenbogen und ihrem Herzen finden konnte. Das, rief sie, sind doch bloß Vorwände, die Leihgabe und das Museum, wir wissen doch längst, dass in dieser Gegend nichts mehr für uns zu holen ist. Worauf wartest du also?

Du redest ja wie unser Bruder, rief ich zurück, dabei bin ich der Einzige, der die Gegend wirklich kennt. Ich bin es, der Schnitten und Thermoskannen zwischen Troisvierges, Knaphoscheid, Pintsch und Lellingen hin- und herträgt, ich kenne die Route des Kuhkriegs in- und auswendig, und wenn jemand hier weiß, was es mit Museen auf sich hat, dann ich. Oder hat unser Bruder jemals einen Fuß in das Museum für Käse und Sirup gesetzt, in das Haus der letzten Patrone, in das Museum für Marienerscheinungen oder in die Küche und Molkerei der Museumsscheune? Kennt er die unterirdischen Pferdeställe in unserem Imaginationsmuseum, das Museum der Unterwelt? Nicht einmal unser in Europa einzigartiges Filzmuseum kennt er, obwohl es dort ein aus Filz gefertigtes Nomadenzelt zu sehen gibt. Gar nicht zu reden vom Museum für Karneval, dem Tabaksmuseum, dem Bienenmuseum, dem Rasiersteinmuseum, dem Provinzialwaldmuseum, dem Holzschuhmuseum, dem Erdbeermuseum, dem Archäologischen Museum in der Fleischhalle von fünfzehnhundertachtzig und dem Museum der Rennstrecke von Francorchamps.

Nichts davon kennt mein Bruder. Er weiß ja nicht einmal, dass das Museum der Ardennenschlacht nur vom ersten Juni bis zum fünfzehnten September geöffnet ist, dann allerdings täglich, und ich gehe jede Wette ein, rief ich triumphierend, dass nicht einmal ein gewisser Herr Doktor Stoliczka die geringste Ahnung davon hat, dass es bei uns ein zoologisches Museum unter besonderer Berücksichtigung der Tierwelt Belgiens gibt.

Ist ja gut, sagte meine Schwester, ist schon gut, Kleiner Baedeker, mach dir nichts draus. Aber ich sah genau, dass die Röte aus ihrem Gesicht gewichen war. Sie war auf einmal ganz blass geworden, hob langsam die Arme, stand auf von dem Koffer, und indem sie die Schlösser schnappen ließ, erst das linke, dann das rechte, öffnete sie schließlich den Koffer, wohl weil sie begriffen hatte, dass es jetzt kein Zurück mehr gibt, es ist zu spät, ich bin längst im Besitz ihres Geheimnisses, daran ist nicht mehr zu rütteln.

Sie legte einen Finger an die Lippen, ging hinüber zur Tür, öffnete die Tür, lauschte hinaus auf den Flur, schloss die Tür wieder, drehte den Schlüssel zweimal im Schloss, kehrte zurück, und indem sie vorsichtig, beinahe mit Andacht, den Deckel des Koffers hob, sagte sie: Also gut, ich will ihn dir zeigen, aber dass du Bescheid weißt, niemand darf etwas davon erfahren, nicht in Wiltz und auch nicht in Wilwerwiltz und erst recht nicht in Troisvierges, das musst du mir hoch und heilig versprechen.

Alles hätte ich meiner Schwester versprochen im Anblick des herrlichen Handschuhs eines wirklichen Ritters. Eines Mannes, dem man jeden Tag aufs Neue das Frühstück auf dem Zimmer servieren möchte, für den man die Handtücher zwiefach bügelt, für den man sich unauffällig vor dem Badezimmerspiegel die Lippen nachzieht, dem man Schnitten und Thermoskannen hinterherträgt, von Lissabon nach Madrid, von Madrid nach Paris, von Lille nach Brüssel, von Brüssel über Hannover, Riga und Petersburg und, nach einem fast unmöglichen Zwischenhalt in Minsk, weiter bis nach Moskau und Budapest, bis nach Wien und Berlin, am Ende sogar in die Schweizer Berge.

Den Handschuh eines Mannes, für den man Rechnungen fälscht und für den man, weil er vom Kartenspiel nichts versteht, sich Nacht für Nacht selbst im Brettspiel unterrichtet, für den man Bauern und Läufer und Pferde ins Feld führt, den man gegen falsche Begleiter und Botschaften schützt, weil er, abgesehen von der Dame selbst, der Einzige ist, der weiß, was sich für eine Dame gehört.

So schön war der Handschuh und so schwer, dass mir auf einmal war, als erwachte ich ein für alle Mal aus dem Winterschlaf unserer Gegend. Und zum ersten Mal in meinem Leben spürte ich, wie ich von unbändigem Reisefieber und einer entsetzlichen Reiselust ergriffen wurde, vielleicht aber auch nur, weil Munter zu meinen Füßen auf einmal unruhig geworden war, weil er begriff, dass es höchste Zeit für uns ist, aufzubrechen. Denn nichts kann wirklich in Vergessenheit geraten, alles bleibt im Spiel, jede Karte, jeder Stein, Freundschaft wie Feindschaft, sogar ein Handschuh auf der Straße zwischen Straßburg und Kalkutta, weil am Ende alles, auch der kleinste Anflug von Abneigung und Zuneigung, Teil der Geschichte werden muss, und wenn unterwegs etwas verloren gehen sollte, ist es der Feigheit geschuldet und nicht meinem schlechten Gedächtnis.

Hier stehe ich und dort meine Schwester. Langsam gehe ich vor ihr auf die Knie, um den Ritterschlag zu empfangen, indem ich feierlich, Munter sei mein Zeuge, das Versprechen gebe, dass ich vom heutigen Tag an nicht eher ruhen werde, als bis ich den Ritter meiner Schwester ausfindig gemacht habe.

Und zum Zeichen dafür, wie ernst mir die Sache ist, küsse ich feierlich den Handschuh eines unbekannten Mannes, bevor meine Schwester ihn wieder unter ihren gebügelten Schürzen im Koffer verschwinden lässt, obwohl ich mir nicht ganz sicher bin, dass dieser Mann es wirklich wert ist, ob er überhaupt weiß, wie man Hände und Stirnen küsst und wie man Kränze flicht, ob er das alles nicht längst verlernt hat auf seiner Reise, ob er nicht womöglich die Gunst hoher Herren mit der höheren Gunst der Damen verwechselt.

Denn wer kann mir garantieren, dass in diesem Brief, den mir meine Schwester, hier in Wilwerwiltz, in den frühen Stunden des Neujahrsmorgens zwischen Herz und Rippe schiebt, dass in diesem Brief etwas steht, was das Herz und die Rüstung eines Ritters erweichen kann, und ob ich mich nicht womöglich lächerlich mache, wenn ich dem Mann, gesetzt den Fall, ich werde ihn überhaupt finden, den Brief in die Hand drücke, um ihn dann aus einem versteckten Winkel heraus dabei zu beobachten, wie er den Brief öffnet, ihn liest, ihn bedenkt, ihn dann langsam sinken lässt und, indem er mir tief in die Augen blickt, fragt: Der Ritter?

Aber der Ritter, werde ich rufen, das sind doch Sie selbst, Sie müssen doch wissen, ob Sie meiner Schwester zugetan sind oder nicht! Zugetan oder nicht, wird er sagen, ist nicht die Frage, denn wie Sie sehen, bin ich nicht allein unterwegs, ich habe meine Verpflichtungen, genau wie Sie. Das eine hat Vorrang, das andere nicht. Aber nehmen Sie diesen Kranz, bringen Sie ihn Ihrer freundlichen Schwester und sagen Sie ihr: Er kommt von einem, der sich gern zu gegebener Stunde an sie erinnern wird. Nur was, frage ich mich, ist eine gegebene Stunde?

Aber das alles, auch den kleinsten untreuen Gedanken, schiebe ich jetzt, da ich in der Dunkelheit des Neujahrsmorgens vor meiner Schwester auf den kalten Fliesen zwischen Knaphoscheid und Troisvierges knie, weit von mir, denn der Augenblick ist feierlich, die Idee zu schön und die Mission viel zu groß, um auch nur den geringsten Zweifel an dem ganzen Unternehmen aufkommen zu lassen.

Und wie ich da knie, hinter mir meine Schwester, vor mir die wirkliche Welt und in meinen Händen die Erinnerung an den Handschuh, stelle ich zu meinem Erstaunen fest, dass ich höre, wie ich nie zuvor in meinem Leben gehört habe. In der Ferne die Neujahrsglocken von Arsdorf und am Treppenabsatz die Stimme meiner Mutter, die wissen möchte, wo wir bleiben, denn der Mitternachtsimbiss wird kalt, Rührei auf echtem Ardennenschinken.

Wenigstens meine Mutter weiß, wovon sie spricht, denn nur ein Schinken, der nachweislich neun Monate lang im Durchzug gehangen hat, hat ein Anrecht auf diesen herrlichen Namen.

7.

Seit meine Schwester nach dem Frühstück am Neujahrstag abgereist ist, sind auf einmal aller Augen auf mich gerichtet. Die meiner Mutter, die meines Vaters und die der Katze, die in letzter Zeit immer öfter ihren Korb verlässt, manchmal sogar das Haus, um im Schnee des Vorgartens seltsame Spuren zu hinterlassen. Aber nachts sitzt sie plötzlich am Fußende meines Bettes und versucht, Munter seinen Platz streitig zu machen, was zwar nicht Munter, dafür aber mich in höchste Unruhe versetzt. Woher kann sie wissen, dass unsere Zeit abgelaufen ist, dass unsere Stunde geschlagen hat, dass wir aufstehen und die Bannmühle für immer verlassen müssen, um meine Schwester vor den Übergriffen von Forschungsreisenden und Rittern zu schützen?

Denn auch wenn es auf den ersten Blick so scheinen könnte, habe ich mein Versprechen nicht vergessen. Nur wie soll ich so einfach aufstehen und gehen, hat doch mein Vater erst gestern zwischen Suppe und Hauptspeise überraschend behauptet, dass er nicht die Absicht hat, ein weiteres Haus aufzurichten, weil für uns drei, für ihn, meine Mutter und mich, in diesem hier Platz genug ist.

Aber ich habe es an seinem Gesicht gesehen, dass das nicht der Grund ist, dass ihn vielmehr seit seinem Fall in Merkholtz die Kraft verlassen hat und dass seine Hände beim Umwenden der Blätter der Zeitung angefangen haben zu zittern. Fast sieht es so aus, als könnte er auch die Zügel seines Pferdes nicht mehr richtig halten, sodass ich fürchten muss, er wird im kommenden September schon vor dem Eintritt in die Basilika von Sankt Hubert vom Pferd fallen.

Und auch meine Mutter hat auf einmal nur noch zwei Hände, ganz wie Mütter jenseits der Grenzen auch. Ja, sagt sie, die Umzüge und was dabei auf der Strecke bleibt, wahrscheinlich ist es gut, wenn das alles endlich ein Ende hat, wenn wir zur Ruhe kommen. Auch wegen der Briefe, denn es ist ja kein Wunder, dass bei so häufigem Ortswechsel kein Brief mehr sein Ziel erreicht.

In diesen seltsamen Nächten, den Raunächten zwischen Weihnachten und dem Tag der Heiligen Drei Könige, in denen die Tiere zu sprechen beginnen und es nicht mehr hilft, Haus, Hof und Amtsgebäude mit Weihrauch einzuräuchern, in diesen Nächten, da die Pelzer in stumpfe Felle gewickelt durch die Straßen von Wilwerwiltz ziehen und die Väter im Schuppen Stöcke und Gewehre auf Hochglanz bringen, während die Mütter heimlich leere Schuhkartons unter den Betten hervorziehen und trostlos zu weinen beginnen, in diesen Nächten hat mein Schlaf begonnen, sich unwiderruflich in zwei Hälften zu teilen, und zusammen mit meinem Schlaf habe auch ich mich halbiert. Die eine Hälfte liegt in meinem Bett, die andere ist längst aufgestanden, um meiner Schwester durch den Vorgarten unseres Hauses zu folgen, wo mein Bruder früher Insekten und Käfer gesammelt hat.

Neben meinem Bett hängt immer noch seine Botanikertrommel, gleich neben dem Tropenhelm. Aber ich habe nicht die Absicht, mich in unserem Vorgarten aufzuhalten. Ich werde mir einen Vorrat von Feuerholz in den Rucksack stopfen und kleine Bündel gepressten Strohs zwischen die ausgeleierten Scharniere meiner Rüstung. Dann nehme ich den Stab in die Hand und gehe einfach los, der Nase nach, wie ich das immer getan habe, und von da aus, so wie ich das von meinen Führungen gewohnt bin, direkt zur Verkündigung über. Um mir die Zeit und dic Angst zu vertreiben, werde ich Lieder singen und meinem Hund und meinem Pferd Geschichten erzählen, von denen eine kürzer ist als die nächste, denn ich möchte meine Zuhörer nicht über Gebühr strapazieren.

Aber anstatt wirklich loszugehen, liege ich regungslos in meinem Bett, Auge in Auge mit der Katze. Dabei weiß ich genau, was zu tun ist. Und Munter weiß das erst recht, denn er ist längst aufgesprungen, läuft hin und her zwischen Tür und Bett, winselnd und tänzelnd, jaulend und kratzend, bis er sich schließlich mit der gesammelten Entschlossenheit eines Glockensucherhundes gegen die Tür wirft und schon im ersten Sprung die Klinke erreicht. Was mich nicht wundert, denn niemand, einzig ich selbst, habe ihm beigebracht, wie man sich rechtzeitig Ausgang und Frischluft verschafft. Also hätte ich wissen müssen, dass er eines Tages schneller sein wird als ich, und zwar in allem. Das habe ich nun davon, dass mein Hund im Laufe der letzten Jahre so klug, schnell und rasch in der Auffassung der Dinge geworden ist, dass ich selbst nicht mehr hinterherkomme.

Nicht, dass er nicht gezögert hätte, nein, ich sehe genau, wie er sich ein letztes Mal um die eigene Achse dreht, sich wendet und windet, wie er seinen Schwanz in die Höhe stellt, wie er sich alle Mühe gibt, mir zu verstehen zu geben, dass er genau weiß, von wem er das hat, diese herrliche Zeichensprache.

Und damit ich begreife, wie schwer es ihm fällt, sich von mir zu trennen, legt er ein letztes Mal, damit ich ihn gründlich wieder erkenne, seinen Kopf schräg auf die Seite, als legte jemand den entscheidenden Hebel um, mit dem man das Fragezeichen auf der einen in ein Ausrufezeichen auf der anderen Seite verwandelt, damit ich endlich den Kopf aus den Kissen hebe und begreife, dass er wieder und wieder versucht hat, mich doch noch zum Aufstehen zu bewegen. Aber irgendein schweres Gegengewicht hält meinen kleinen unstudierten Körper im Bett fest wie einen nutzlos treuen Einsatz auf Widerruf. Ich kann beim besten Willen nicht aufstehen und gehen.

So bin ich liegen geblieben und sehe tatenlos meinem eigenen Hund dabei zu, wie er den Brief an den Ritter meiner Schwester mit den Zähnen aus meiner Hemdtasche zieht und sich auf den Weg macht. Wieder und wieder höre ich ihn bellen, wobei mich die Furcht beschleicht, er könnte beim Bellen den Brief meiner Schwester an den Ritter verlieren. Dabei weiß ich genau, dass Munter mehr als zwei Dinge auf einmal tun kann, ohne dabei auch nur ein einziges zu vernachlässigen.

Und wenn ich mich jetzt ganz meiner Erinnerung hingebe, fällt mir ein, was er noch alles kann, in aller Ruhe und Deutlichkeit erinnere ich mich an die unglaublichsten Dinge. Und während ich sein immer leiser werdendes Bellen höre, beginne ich mir die eine oder andere Frage zu stellen. Zum Beispiel, ob ich jetzt, da mich Munter samt seiner Kunststücke verlassen hat, noch Aussichten auf Trinkgelder habe und ob ein Führer ohne Hund überhaupt ein ernst zu nehmender Führer sein kann, während ein Hund ohne Führer immer ein Hund bleibt.

Ja, ich fürchte, ohne Munter werde ich niemals in der Lage sein, den Holzstoß neben der Bannmühle wiederzufinden. Womöglich werde ich anfangen, die Kuhkriegsroute mit den zahlreichen anderen zu verwechseln, mit der Buschwaldroute oder der Route des Herrn Gottfried von Bouillon. Und wenn es darum geht, am Ende der Führung den beheizbaren Bus wiederzufinden, werde ich mich ganz auf Schengen verlassen müssen, ich werde das Tier einfach von allein laufen lassen in der Hoffnung, dass der Bus irgendwann wie von selbst auf der Lichtung erscheint.

So viel ist klar, sage ich mir, während ich immer noch im Bett liege und auf das ferne Bellen lausche, das aus der Ferne übrigens fröhlich klingt, ja sogar stürmisch und kühn, eine Art ausgelassenes Jagdhornbellen, so viel ist also klar, etwas muss jetzt passieren, denn es wird allerhöchste Zeit, dass der Kleine Baedeker sein kümmerliches Repertoire um ein paar andere Routen und Tiere erweitert, womit nicht die Katze gemeint ist, denn vom Haustier zur Bestie ist es nur ein kleiner Schritt, ein Flug von wenigen Stunden in ein paar andere Gegenden mit frischen Gefahren, und schon wird er aufhören, von Pechnasen und Aborterkern zu faseln. Endlich wird ein für alle Mal Schluss sein mit dem Herumstehen in zugigen Burghöfen, der Bettelei mit dem leeren Helm in der Hand und dem stumpfen Gaul an der Seite.

Es ist höchste Zeit, dass der Kleine Baedeker lernt, fernab der großen Kuhkriegsroute dem Schrecken des wirklichen Lebens ins Gesicht zu sehen. Das Wichtigste aber ist, dass er unterwegs lernt, die Schreie seines tüchtigen flüchtigen Bruders von den Schreien anderer Forschungsreisender zu unterscheiden und die Schürze seiner Schwester von all den anderen Schürzen, von denen man ihm überall unterwegs auf der Reise weismachen will, auch sie seien aus reinstem Berbiolettenfell.

Doch das lässt sich leicht überprüfen, man muss nur das Fell etwas drehen und wenden und in einem speziellen Winkel gegen das Licht halten. Wenn man sich an diese einfache Anweisung hält, erkennt man sofort, ob es zwei Sterne trägt oder nicht. Das ist alles, woran man sich halten kann in diesem lang anhaltenden Moment kurz vor der Grenze, weil jetzt überhaupt nichts mehr zu hören ist. Munters Bellen ist verstummt, und übrig bleibt nichts als die vollkommene Stille und der spurlose Schnee zwischen dem einen Nichts und dem nächsten, zwischen Hund und Herr.

III. Paradiese

1.

Denn das muss man natürlich wissen, schrieb am anderen Ende der Welt Doktor Stoliczka: Je näher wir uns dem Ziel unserer Wünsche wähnen, desto deutlicher entfernt sich alles von uns. Nichts ist mehr greifbar, weil die Verschwiegenheit eines Zimmermädchens in Lissabon, die alles übertrifft, womit ein Jäger rechnen kann, die Dinge für immer in Sicherheit gebracht hat. Und je deutlicher ich meine Hand nach dem geliebten Gegenstand ausstrecke, umso undeutlicher und zweifelhafter wird er, was nicht zuletzt der Seltenheit seines Aufkommens geschuldet ist.

Er hielt einen Augenblick inne, dann strich er den geliebten Gegenstand, ersetzte ihn kurz entschlossen durch einen Forschungsgegenstand und fuhr fort: Aber was kann man wissen, wenn man auf Berbioletten aus ist? Ganz zu schweigen davon, dass ein Jäger nichts wissen kann. Was er gleichfalls strich, weil es ihm über die Maßen schwer fiel, sich einzugestehen, dass ein Jäger ein schlechter Forschungsreisender und ein Forschungsreisender ein schlechter Jäger ist. Doch was, schrieb er weiter, denn das Schiff hatte noch nicht abgelegt und der Tisch stand noch still, was ist die Schürze vor dem Bauch einer Dame gegen die Gegenwart des Tieres selbst, das sich auf unbestimmte Zeit in den Bergen verborgen hält?

Denn die wahre Schönheit der Beute, schrieb er weiter, entfaltet sich nur in sehr freier Wildbahn, und ich weiß, wovon ich spreche, denn Tage, Wochen und Monate, vermutlich sogar Jahre habe ich in unseren zoologischen Gärten und naturhistorischen Museen verbracht. Nicht ein einziges europäisches Museum ist mir unbekannt geblieben, und trotzdem habe ich nicht gefunden, wonach mein Herz sich sehnt. Worauf er innehielt, das Geschriebene überflog und das Herz strich, um es durch ein anderes Herz zu ersetzen, das man noch heute im Naturhistorischen Museum von Wien bewundern kann, wenn auch unter vollkommen anderen Gesichtspunkten.

Ich habe natürlich versucht, schrieb er weiter, soweit das in meinen Möglichkeiten liegt, alles Nötige zu veranlassen. Ein Gewährsmann vor Ort ist seit Wochen damit beschäftigt, das Gelände in Augenschein zu nehmen, für angemessene Unterkunft zu sorgen und die Einheimischen günstig zu stimmen. Aber ich traue ihm nicht, denn er tritt auf der Stelle, weil die einen so widerspenstig wie die anderen ahnungslos sind. Ich bin auf Leute angewiesen, die die Gegend genau kennen, jeden Baum, jeden Busch, jeden Strauch. Diese Leute muss man natürlich mit der Lupe suchen, was ich übrigens auch tue, denn niemals wird man einsehen, dass sich die Jagd nach dem Tier als unmöglich erweist, für jeden Fisch findet sich ein Köder. Alles ist eine Frage der Zeit, der Geduld, der Ausdauer und des Unterscheidungsvermögens. Und es war ja in jeder Hinsicht damit zu rechnen, dass sich, allem Schwung in der Sache zum Trotz, die Unternehmung mühsam gestalten würde. Aber Schwierigkeiten sind dazu da, aus dem Weg geräumt zu werden.

Was Stoliczka strich, weil er die Angewohnheit hatte, Schwierigkeiten nicht nur vor anderen, sondern in erster Linie vor sich selbst zu verbergen. Wie seine Angst vor Schiffsreisen. Zeit seines Lebens hatte er sich gegen die Seekrankheit gewehrt, die ihm wie der Vorbote einer großen Kränkung erschien, weshalb er von Anfang an versucht hatte, sie mit allen Mitteln zu bekämpfen.

Erst spielte er Karten gegen die Mannschaft, dann hörte er auf zu essen, und am Ende floh er in seine Kabine, wo er mit der lächerlichen Standhaftigkeit des Wissenschaftlers, der auch nur auf den Märtyrertod aus ist, fortfuhr, zu lesen und zu schreiben, bis ihm die Buchstaben dermaßen vor den Augen verschwammen, dass er sich auf den Boden der Tatsachen legen musste, um von dort aus irgendeinen sinnlosen Gegenstand zu fixieren, bis seine Augen so schmerzten, dass er sie schließen musste, was die Reste der rettenden Außenwelt vollkommen zum Verschwinden brachte.

Das Schiff setzte sich mit einem so heftigen Ruck in Bewegung, dass über dem blank polierten Jagdgewehr, das in der Ecke neben der Kabinentür lehnte, die Kamera, der Tropenhelm und die Botanikertrommel an ihren eisernen Haken in Schwingung gerieten. Er sprang auf, öffnete die Tür und floh nach draußen an Deck.

Zwischen den laufenden Matrosen, die die Taue zurück aufs Schiff zogen und sich dabei heftige Kommandos zubrüllten, stand an der Reling ein sehr kleiner Mann, der ungerührt seinem über und über mit Schmutz bedeckten Pferd die Mähne kämmte und mit leisen Worten auf das Tier einsprach, wobei der Doktor nicht recht verstand, wovon die Rede war. Wahrscheinlich war es nichts als ein Selbstgespräch, denn das Pferd zeigte nicht die geringsten Anzeichen von Unruhe, als sei der schwankende Boden sein eigentliches Element, was Stoliczka erst verwirrte, dann aber, je länger er auf den Mann starrte, plötzlich in einen Zustand heftiger Entzückung versetzte.

Denn während er ihn betrachtete, ihm dabei zusah, wie er kämmte und murmelte, ohne das Meer auch nur eines Blickes zu würdigen und ohne sich auch nur im Entferntesten dafür zu interessieren, was um ihn herum vor sich ging, obwohl offenbar war, dass er und sein Pferd allem und jedem im Weg waren, begriff er, dass dieser und kein anderer sein Mann war. Dies war der Mann, den er die ganze Zeit über fieberhaft gesucht hatte, der jeden Strauch, jeden Baum, jeden Busch kennt, die ganze Gegend in- und auswendig. Ein Mann, der weiß, wohin er unterwegs ist und, was viel wichtiger ist, der, darauf hätte der Doktor seinen Tropenhelm, seine Kamera und sogar sein Jagdgewehr gesetzt, die Berbiolette gesehen hat, und zwar mit eigenen Augen.

Hier stand er in seiner gesammelten kleinen Würde neben seinem Pferd an der Reling eines Schiffes unterwegs von Lissabon nach Bombay. Und je länger und schärfer Stoliczka ihn ins Auge fasste, desto weniger begriff er, woraus dieser Eindruck von Klarheit und Kleinheit sich speiste, denn der Mann war nicht im eigentlichen Sinn zu kurz geraten, ein Zwerg schon gar nicht. Es war nicht sein Körper, sondern sein Geist, der sich auf nachhaltige Weise und ohne die geringste Spur von Protest oder Eitelkeit dem Erwachsenwerden widersetzte, als sei dies sein eigentlicher Zustand, vergleichbar nur der Ungerührtheit eines Möbelstücks, einer stämmigen Truhe zum Beispiel, der nichts fremder ist als der Wunsch, kathedralengleich in die Höhe zu schießen. Die stattdessen, bedächtig in die Breite gehend, sich selbst genügt und ein Geheimnis birgt, das sich, wenngleich fest verschlossen, auf dem Boden fester Tatsachen befindet, weshalb überdeutlich war, dass diesen Mann auf der ganzen Reise nicht der geringste Hauch einer Seekrankheit anfechten würde.

Das erfüllte den Doktor erst mit Bewunderung, dann aber mit einem heftigen Gefühl von Neid, zumal der Mann nicht die geringsten Anstalten machte, das Wort an ihn zu richten. Und dies nicht etwa aus Bosheit oder Missachtung, sondern deshalb, weil er mit seinen eigenen Angelegenheiten beschäftigt war. Unter anderem damit, dem Pferd, nachdem er den gröbsten Schmutz aus der Mähne herausgekämmt hatte, auch den Schwanz mit einer Sorgfalt zu bürsten, die an Lächerlichkeit grenzte.

Wohin sind Sie unterwegs?, fragte der Doktor. Der Mann drehte sich langsam um, wies auf das zunehmend in Bewegung geratende Meer und schwieg. Dann haben Sie viel von der Welt gesehen, sagte der Doktor. Anstatt zu antworten, klopfte der Mann seinem Pferd auf die Schenkel, hinten und vorn, beidseitig links und rechts. Dann sollten Sie mehr zu sehen bekommen, sagte der Doktor streng, denn er war vollkommen davon überzeugt, dass der andere schwieg, um nicht zu lügen, denn jeder, der ein Schiff besteigt, hat etwas zu verbergen.

Aber seine Anstrengung erwies sich als überflüssig, weil der Mann sich überhaupt nicht für seine Fragen interessierte, vielleicht deshalb, weil er längst wusste, worauf der Doktor aus war. Und es übertraf Stoliczkas kühnste Erwartungen, als er sah, wie der Mann ohne Umschweife einen leeren Helm aus seinem Rucksack zog, in dem sich, soweit er das im Licht der untergehenden Sonne erkennen konnte, nichts befand als ein Säckchen mit Nüssen, ein Schachspiel und ein paar Bündel gepressten Strohs, die er zur Reinigung seines Gauls benötigte.

Die Übelkeit war mit einem Schlag verflogen, und er streckte seine Hand nach der Hand des kleinen Mannes aus, der, den Blick fest auf die Brille des Doktors gerichtet, mit der linken einschlug und ihm mit der rechten den leeren Helm hinhielt. Ohne einen Augenblick zu zögern, zog Stoliczka ein paar Scheine aus der Tasche und legte sie in die schmutzige leere Kopfmulde des Helms. Als die Sonne unterging, waren sie handelseinig geworden, und man läutete zu Tisch.

Der Doktor, der plötzlich einen unmäßigen Appetit verspürte, gab seinem Begleiter ein Zeichen, aber während man ihn ohne Umschweife neben den Kapitän setzte, machte der Koch keine Anstalten, den Mann mit dem Rucksack über die Schwelle zur Offiziersmesse zu lassen. Stattdessen ließ er ihn seine Suppe in der Mannschaftsmesse zwischen den Matrosen auslöffeln, was Stoliczka, der nicht den geringsten Wert darauf legte, zwischen Männern von Rang zu speisen, verstimmte, denn diese Männer verfügten über nichts als immer dieselben Geschichten, die gar keine Geschichten waren, weil sie außer Wasser und wieder Wasser buchstäblich nichts von der Welt gesehen hatten.

Auf alles, schrieb er, sind sie aus, bloß nicht auf Abenteuer. Aus Angst vor Ungeheuern verlassen sie ihre Schiffe nie. Landfeige haben sie sich auf schwimmenden Vorgärten eingerichtet und fürchten nichts mehr, als eines Tages tatsächlich irgendwo anzukommen. Und wenn sie einmal aus Versehen doch einen Fuß auf trockenen Boden setzen, wird ihnen so übel, dass sie auf der Stelle kehrtmachen und zurück auf ihre Schiffe fliehen, um von dort aus für den Rest ihres Lebens in aller Ruhe das Land zu betrachten oder das, was sie dafür halten, weshalb auf ihren Karten nichts zu sehen ist als Strömungen und Meerengen, die es mit allen Mitteln zu umfahren gilt.

Selbst bei Tisch konnte Stoliczka nur mit Mühe seine Verachtung für die Seefahrt und ihre Seefahrer verbergen und wie lästig ihm seit Jahren die immer gleichen Fragen des Kapitäns waren, der sich, indem er lachend den Kopf mit der schamlos betressten Mütze über dem halb vollen Teller hin- und herpendeln ließ, nach dem Gang der Geschäfte erkundigte und, als hätte er eine Ahnung davon, was es mit Wissenschaften und Museen auf sich hat, nach den neuesten Forschungsergebnissen fragte, vor allem danach, ob die Menschheit sich im Zustand des Fortschritts oder des Rückschritts befindet, weil man auf dem Meer, mein lieber Doktor, und jetzt begann er wirklich zu lachen, immer im Kreis fährt.

Das empörte Stoliczka. Vor allem aber empörte ihn, dass man ihm die Gegenwart eines Mannes entzog, der für ihn weit mehr von Interesse war als die ganze Gesellschaft zusammen, eines Mannes, dessen Anwesenheit bei Tisch einzuklagen er allerdings nicht den Mut fand, da aus den Tischgesprächen deutlich wurde, dass dieser Mann sich auf dem Schiff vom ersten Moment an unmöglich gemacht hatte. Nicht allein deshalb, weil er nicht über die nötigen Zahlungsmittel verfügte, sondern vor allem wegen der Gegenwart seines Tieres, eines stumpfen und abgewetzten Gauls, den von Lissabon nach Indien zu verschiffen ein Ding der Unmöglichkeit war, um das wenigste zu sagen.

Denn wie der Koch, ein zierlicher aufgeregter Mann in einer flatternden gelben Hose, der eilfertig zwischen den Tischen hin und her huschte, zu berichten wusste, war dies mit Abstand das größte und hässlichste Tier, das ihm je an Bord untergekommen war. Ganz zu schweigen davon, dass, gesetzt, es käme die Not, nicht viel aus ihm herauszuholen wäre, denn das Pferd war alt und die Mähne so dürftig, dass man nicht einmal eine Bürste für das Deck daraus hätte binden können, weshalb der Koch sich fragte, was den Mann überhaupt dazu veranlasste, mit einem solchen Tier eine so lange und beschwerliche Reise anzutreten.

Alles behauptete der Koch schon gesehen zu haben, Möwen und Ratten zwischen Tischen und Schüsseln, Katzen, die die Offiziere aus Ermangelung an Damengesellschaft rund gefüttert hatten, allen voran aber einen Hund an Deck, den der Koch von Herzen hasste, denn er erinnerte sich genau daran, wie der Hund zwischen den Tischen herumgeschlichen war und gierig nach dem einen oder anderen Happen sprang. Auf den Hund kommt es an, schrie der Koch, der Hund ist es, den man erwischen muss. Das

Fell über beide Ohren ziehen, da hast du dein Fell, du Verräter!

Je länger der Doktor den Reden des Kochs lauschte und auf seine gelbe Hose starrte, desto deutlicher spürte er, wie langsam wieder Übelkeit in ihm aufstieg, und als er den Nachtisch auftrug, einen farblosen, matt glänzenden Pudding, sprang Stoliczka auf, warf die Serviette auf den Tisch und verließ fluchtartig die Messe.

2.

Er wollte gerade die Tür zum Deck hin aufstoßen, als er aus der Mannschaftsmesse leises Gelächter vernahm. Und weil seine Neugier stärker war als der Wunsch, sich über die Reling zu werfen, machte er ein paar Schritte zurück und blieb sprachlos in der halb geöffneten Tür stehen, wo in der Mitte des engen Raums auf dem Tisch zwischen leeren Tellern und Schüsseln, die Beine gespreizt und den herausgewachsenen Helm auf dem Kopf, der Kleine Baedeker stand und im Begriff war, seelenruhig seine allerletzte Trumpfkarte zu ziehen, diese Geschichte vom blinden Ritter, der atemlos durch die Lande jagt, unter dem klirrenden Huf die ganze verworrene Karte Europas, gefolgt von zwei gehetzten Kurieren mit nagelneuen Nachrichten von Frauen und Schlachten.

An seinen Lippen hingen mit offenen Mündern und aufgerissenen Augen Matrosen, von denen keiner die Länder, von denen er sprach, je betreten hatte. Keiner von ihnen hatte jemals auf einem Pferd gesessen, keiner von ihnen kannte den Unterschied zwischen Zügel und Tau, zwischen Hase und Igel, und alles hätten sie darum gegeben, sich für einen einzigen kurzen Moment den abgewetzten Helm des Mannes auf ihre leeren Matrosenköpfe zu setzen.

Denn sie waren ihm längst verfallen. Sie waren davon überzeugt, dass er aus einem herrlichen Land kommen musste, aus einem Land, in dem es kein Meer gibt und in dem schmutzige Ritter auf hässlichen Pferden mit verlassenen Hunden in Burgen erwartet werden, die ausschließlich von Frauen bewohnt sind, die nichts anderes zu tun haben, als darauf zu hoffen, dass die Matrosen eines Tages doch noch zurückkehren. Sie erkennen sie schon von weitem an ihren leeren müden Gesichtern, ihren schmutzigen Rucksäcken, vor allem aber an ihrem Gang, weil sie von der Seefahrt so rundbeinig geworden sind, dass ihnen der aufrechte Gang ein für alle Mal abhanden gekommen ist. Niemals mehr werden sie aufrecht gehen, niemals mehr gerade, wie Ritter, die allzu lange auf Pferden gesessen und auch keinen festen Boden mehr unter den Füßen haben. Männer, die weite Wege zurücklegen, ohne jemals anzukommen. Auf der unermüdlichen Suche nach Abenteuern reiten sie immer im Kreis, die einen zu Land, die anderen zu Wasser, während die Frauen, das wussten die Matrosen genau, unversehrt und schön bleiben, weil sie den ganzen Tag lang in Gärten auf und ab wandeln, in denen das Obst in sehr klaren Reihen hängt.

Denn die Matrosen kannten sich längst nicht mehr aus. Seit Monaten hatten sie keine Dame mehr von innen gesehen. Sie kannten weder die geltenden Kleiderordnungen noch die Schärpen und Wappenzeichen, sie kannten nur sich selbst und hatten nicht die geringste Ahnung von Verbeugungen und Verzierungen, von Liedern und Versen, die man im Zweifelsfall singen und sprechen muss, um ein Begleiter von Damen zu werden.

Mit einem Wort, sie hatten nicht die geringste Ahnung vom Brettspiel, sie kannten nur Würfel, Becher und Karten und rissen die Augen noch weiter auf, als der Kleine Baedeker jetzt das Schachspiel seiner Schwester aus dem Rucksack zog und in aller Seelenruhe begann, ihnen die Regeln zu unterbreiten: Bauer voran, Turm still bei Fuß, Pferd um die Ecke, König beiseite, und immer auf die Dame achten, denn die Dame, rief der Kleine Baedeker, ist die Beweglichste von allen, sie steht nämlich nur zum Schein in der hinteren Reihe. Und das können Sie mir glauben, ich weiß, wovon ich rede, denn jedes Jahr um die Weihnachtszeit habe ich meine eigene Schwester dabei beobachtet, wie sie am Wohnzimmertisch sitzt und gegen sich selbst antritt. Sie kennt die Begrenztheit der Felder genau, der weißen wie auch der schwarzen, weshalb sie immer gewinnt, denn die Dame läuft immer voran, während der König sich kaum vom Fleck rühren kann, ja, genau genommen kommen die Könige überhaupt nicht voran. Wie in Holz gehauene Tote stehen sie in der hintersten Nische des Brettes und warten darauf, dass sich eines Tages das Schicksal ganz ohne ihr Zutun erfüllt, weshalb sie auch nicht den geringsten Begriff davon haben, was es mit Entfernungen auf sich hat.

Das empörte Stoliczka, denn er kannte sich mit Karten und Entfernungen aus, und alles in ihm sträubte sich dagegen, den lächerlichen Ausführungen dieses Mannes zu folgen, den er kurz vor dem Abendessen noch für einen Verbündeten, ja, um ein Haar für seinen Führer gehalten hatte.

Also wer war er, hier in der Mannschaftsmesse zu stehen und den Belehrungen eines kleinen abgerissenen Mannes zu lauschen, dem nicht nur der Helm auf dem Kopf schief saß, sondern der, wie er bei näherem Hinhören feststellte, durch und durch schief gewickelt war und nicht die geringste Vorstellung davon hat, notierte er später in seiner Kabine, was es mit dem Leben auf sich hat. Niemals hat er das Meer gesehen, und, was viel schlimmer ist, er interessiert sich auch gar nicht dafür, würdigt die Wellen keines Blickes, hat nicht den geringsten Sinn für die Ausdrucksformen der Natur, vermutlich nicht einmal einen Schulabschluss, redet, wie ihm der Schnabel gewachsen ist. Aber er weiß genau, warum er unterwegs ist und dass auf dem Schiff für uns nichts zu holen ist, denn das Meer ist auch nichts anderes als eine weitläufig bewässerte Mondlandschaft, eine unerhebliche Zwischenstation.

Und weil der Kleine Baedeker das wusste, ging er hier, zwischen Lissabon und Bombay, unmittelbar zur Verkündigung über, bis sich die Tische bogen und in der Tür im langen Schatten des Herrn Doktor Stoliczka der Koch erschien, in der Hand die Kelle erhoben zum letzten Schlag, weil er das Gerede in der Mannschaftsmesse nicht mehr ertrug und erst recht nicht den Anblick der Matrosen, die sich schreiend und johlend an die Hosenaufschläge dieses Mannes gehängt hatten wie an das zweifelhafte Kreuz des Südens, das sie auch mit dem Fernrohr kaum zu fassen bekamen.

Aber dich, schrie der Koch, dich krieg ich, dich fass ich, dich werf ich vom Schiff zu den Fischen samt Rucksack und Pferd, damit ein für alle Mal wieder Ruhe und Ordnung herrschen in meiner Küche. Und während er schrie und mit der Kelle in der Luft herumfuchtelte, flackerte seine gelbe Hose wie eine Fackel, und die Matrosen starrten auf ihn mit wildem Entsetzen. Nur der Kleine Baedeker sprang ohne die geringsten Anzeichen von Furcht mit einem Satz vom Tisch, trat auf den Koch zu, und indem er seinen Rucksack öffnete, sagte er: Die Waffen wählen natürlich Sie. Kelle, Schwert oder Löffel, ich lasse Ihnen gerne den Vortritt, ich schlage mich bei jedem Wetter, im Freien wie auch in geschlossenen Räumen, bei Wind und bei Wetter, an der Reling, in der Küche, in der Messe, wo immer Sie wollen, aber handeln Sie rasch, denn meinen Helm trage ich nicht zum Spaß.

Der Koch ließ sich nicht zweimal bitten. Er ließ dem Kleinen Baedeker nicht einmal Zeit, wie die Form es verlangt, zwei Sekundanten zu wählen, sodass am Ende ein ganzer zitternder Kreis sekundierender Matrosen die erbittert Kämpfenden umstand. Der Koch ließ die Kelle über seinem Kopf kreisen wie eine Schleuder, während der Kleine Baedeker das Säckchen mit Nüssen aus seinem Rucksack zog. Und während sie, halb springend, halb fallend, sich wieder und wieder um den Tisch jagten, ließ er die Nüsse in die leere Mulde der Kelle des Kochs rasseln, und der Koch fing die Nüsse im Flug, eine nach der anderen.

Die Matrosen begannen zu toben, zu trampeln und zu klatschen, aber je mehr Nüsse der Koch mit seiner Kelle aus dem Flug fing, desto stiller wurde er, und je länger der Kampf andauerte, desto mehr entspannten sich seine Züge, und als er am Ende alle Nüsse eingesammelt hatte, trug er sie zu einem Häufchen auf dem Tisch zusammen, staunend über die unerwartete Ausbeute seines Fischzuges. Dann hob er sie empor und hielt sie vorsichtig gegen das Licht, biss in die erste, die zweite, die dritte und steckte sie, erstaunt darüber, dass sie tatsächlich eine genießbare Frucht enthielten, in seine Taschen.

Aber die Taschen reichten links und rechts nicht aus, um die Nüsse zu fassen, und so reichte ihm der Kleine Baedeker über den Tisch hin das Säckchen, damit er sie einsammeln konnte, und indem er dem Koch das Säckchen reichte, verbeugte er sich, und indem er sich verbeugte, rutschte ihm der Helm vom Kopf, vielleicht weil seine Stirn von der Jagd schweißnass geworden war oder einfach deshalb, weil der Helm, aus dem er schon seit Jahren herausgewachsen war, auf seinem Kopf keinen Halt mehr finden konnte.

Und während der Koch noch damit beschäftigt war, das Säckchen mit Nüssen zu füllen, stürzten sich jetzt die Matrosen wie ein Mann auf den Helm, wie Hunde auf denselben Knochen. Sie begannen zu schreien, zu brüllen, zu fluchen, ohne Rücksicht auf Verluste schlugen sie aufeinander ein, rissen sich gegenseitig die Mützen und Haare vom Kopf und brüllten sich Beschimpfungen zu, die das Ohr jeder Dame gekränkt hätten.

Aber sie dachten längst nicht mehr an Damen, sie dachten nur noch an den Helm, ihren einzigen Helm, denn sie wussten, dass hier auf dem Schiff nichts mehr für sie zu holen war. Mit dem Helm auf dem Kopf aber würden sie, gleich hier, inmitten des Indischen Ozeans, das Schiff ein für alle Mal verlassen, um nie mehr zurückzukehren. Sie würden so lange über das Wasser reiten, bis sie gefunden hätten, wonach ihr Herz sich sehnt, und vor lauter Sehnsucht verbissen sie sich dermaßen ineinander, dass es nicht schön anzusehen war und dass, was weit schlimmer war, der Helm unter dem Knäuel ihrer ineinander verwickelten Leiber sich buchstäblich in Luft auflöste.

In der Ecke neben der Tür stand regungslos Doktor Stoliczka und lauschte voller Entzücken und Hingabe dem lauten Schlagen der Matrosenherzen, die in der Addition, wie er später in seiner Kabine notierte, einen Klang ergeben, der an Seltenheitswert nicht zu übertreffen ist, ein im wahrsten Sinne des Wortes hinreißender Klang, dem sich das aufmerksame Ohr eines Wissenschaftlers auf keinen Fall entziehen darf, einen Klang, den man kaum jemals zu hören bekommt, vergleichbar nur dem Herzschlag eines riesigen Tieres, dessen Reste man noch heute im Naturhistorischen Museum von Wien bewundert.

Aber sosehr er genoss, was er hörte, und sosehr es ihn drängte, in seine Kabine zurückzukehren, um das Außergewöhnliche seiner Beobachtung so schnell wie möglich zu Papier zu bringen, so wenig vergaß er, weshalb er hier in der Messe stand. Und weil er genau wusste, dass die Matrosen die Regeln des Brettspiels nicht begriffen hatten, griff er nach dem Würfelbecher, der auf dem Tisch stand, schüttelte ihn, warf knallend die Würfel auf den Tisch und rief mit der sich leicht überschlagenden Stimme des Mannes, der nach Wochen qualvollen und ermüdenden Wartens endlich die ersehnte Beute gemacht hat: Die Sechs, meine Herren, der Helm gehört mir!

3.

An einem heißen, staubigen Abend erreichten sie das Festland. Am Hafen standen zwischen Kisten und Kühen zwei Männer in flatternden Hosen, die den Doktor höflich in Empfang nahmen, während sie den Kleinen Baedeker misstrauisch musterten, weil ihm der Helm fehlte. Um seinen Kopf zu bedecken, griffen sie in eine der Kisten und holten einen nagelneuen Tropenhelm hervor, der so groß war, dass er ihm immer wieder nach vorn auf die Nase rutschte. Sie hatten auch zwei Fahrräder und frische Pferde dabei, aber der Kleine Baedeker zog es vor, sein eigenes Pferd zu besteigen, das sich ohne Zögern in Trab setzte.

So ritten sie durch den indischen Abend, der Kleine Baedeker, der Doktor und seine zwei Träger, die auf ihren Rädern hinter seinem Rücken in einer Sprache flüsterten, die nur sein Pferd verstand, das immer wieder die Ohren spitzte, hier und da stehen blieb und witternd die Nüstern in die heiße Luft schob, bis sie an einen Kreuzweg kamen. Auf dem Kreuzweg stand ein Mann mit einem Lastkorb auf dem Rücken, der schwer beladen sein musste, denn der Mann war weit vornübergebeugt, vielleicht war er auch nur in ein Gebet vertieft. Sein steiler Hals wuchs aus dem Kragen eines schmutzigen Hemdes heraus.

Als sie ihre Pferde neben ihm zum Stehen brachten, richtete sich der Mann unter der Last seines Korbes auf und fragte: Was wollt ihr? Wir sind unterwegs, sagte der Kleine Baedeker. Seit wann?, fragte der Mann. Die Sonne geht auf und unter, antwortete der Kleine Baedeker. Der Mann warf den Trägern kurze Blicke zu, um dann seinen Blick fest auf den Doktor zu heften, mit einer Ausdauer, die, notierte der

Doktor, nachgerade an Unverschämtheit grenzt. Aber ich sollte es besser wissen, schließlich bin ich nicht zum ersten Mal unterwegs. Trotzdem kann ich mich eines Gefühls von Unwohlsein nicht erwehren, denn je länger ich ihm in die Augen blicke, desto undeutlicher erscheint mir der Weg. Worauf er die Undeutlichkeit strich und sie erst durch Abenteuerlust, dann durch Herausforderungen ersetzte, die er gleichfalls strich, sodass am Ende nichts mehr übrig blieb als reines Erkenntnisinteresse. Denn jede Begegnung, schrieb er, ist dazu da, die verlorene Spur umso beharrlicher wieder aufzunehmen.

Aber anstatt dem Doktor eine Auskunft zu erteilen, wandte sich der Mann mit dem Korb wieder an den Kleinen Baedeker. Ich weiß genau, wohin ihr unterwegs seid, sagte er, ihr wollt die Berbiolette jagen, aber da habt ihr euch in der Gegend geirrt. Und indem er mit der Hand nach links wies, setzte er hinzu: In diese Richtung müsst ihr reiten, und indem er mit der Hand nach rechts wies: Doch besser, ihr reitet in die andere, denn wenn ihr in diese reitet, er deutete wieder nach links, wird es euch wie den anderen gehen. Es kommt keiner zurück. Der Kleine Baedeker dankte dem Mann, saß auf und wandte sein Pferd nach links.

Je länger sie ritten, desto tiefer wurde der Wald und umso undurchdringlicher das Buschwerk, bis es am Ende so dicht geworden war, dass sie sich förmlich eingemauert fanden von Zweigen, als sei der Wald kein Wald mehr, sondern längst eine Festung. Der Doktor, den eine quälende Unruhe ergriffen hatte, weil er keine Zeit zu verlieren hatte, sprang vom Pferd und machte den Trägern ein Zeichen, sie sollten Werkzeuge aus den Kisten holen, um ihnen den Weg freizuhauen. Aber die beiden Männer machten keine Anstalten, die Kisten zu öffnen, stattdessen blieben sie neben ihren Fahrrädern auf dem Boden sitzen. Es war überdeutlich, dass sie nicht daran dachten, auch nur einen Schritt weiterzugehen. Wobei, schrieb der Doktor, nicht auszumachen ist, was sie zurückhält, Angst oder Trägheit oder womöglich nur Trotz, ein lachhaftes Bedürfnis nach Rache. Oder einfach das stumme Bekenntnis, dass sie, genau wie er, niemals zuvor hier gewesen waren.

Aber der Kleine Baedeker sprang vom Pferd, öffnete den Rucksack, holte ein Bündel Holz heraus und begann, ein Feuer für sie zu machen. Die beiden Männer setzten sich an das Feuer und sahen ihm dabei zu, wie er die Kisten öffnete, seinen Rucksack mit Vorräten füllte und dem Doktor das Schmetterlingsnetz reichte. Er selbst hängte sich die Angel über die Schulter. Dann ging er zu den Pferden hinüber, rieb die Tiere trocken und saß auf. Auch der Doktor saß auf. Ohne sich ein einziges Mal umzudrehen, ritten sie weiter nach links, während hinter ihnen am Feuer die Träger zurückblieben und mit weit aufgerissenen Augen in die Flammen starrten.

Während sie sich so durch das Unterholz schlugen und alle Mühe hatten, sich einen Weg durch das Dickicht zu bahnen, begann der Kleine Baedeker zu singen. Er wollte sich, meinte der Doktor, wohl etwas Mut ansingen, aber das Lied, dessen Text zwar fröhlich, dessen Melodie aber, vielleicht weil sie unter dem Tropenhelm nicht richtig zum Klingen kam, sehr traurig war, ließ sie noch langsamer vorankommen, bis die Pferde plötzlich stehen blieben und der Doktor ungeduldig mit dem Griff seines Schmetterlingsnetzes gegen den Helm seines Begleiters klopfte und rief: Hören Sie um Gottes willen auf zu singen, man versteht ja sein eigenes Wort nicht mehr.

Der Kleine Baedeker verstummte sofort. Und indem er den Helm nach oben und seine Hände hinter die Ohren schob, meinte er jetzt, etwas zu hören, von jenseits des Waldes auf der anderen Seite der Festung, eine Stimme, die ihm bekannt vorkam, eine Stimme, von der er genau wusste, dass sie nur vorübergehend verstummt war.

Er gab seinem Pferd die Sporen und jagte in vollem Galopp durch das Unterholz, dicht auf den Fersen der Doktor, der Mühe hatte, sich auf seinem Tier zu halten, das sich mit aller Kraft den Befehlen seines Herrn zu widersetzen versuchte, denn es kam fast um vor Angst, und von den Zweigen fielen wie Flocken die Blätter, obwohl es im Land der Berbiolette keinen Winter gibt und Schnee nur in jenen Bergen, die Doktor Stoliczka längst bezwungen hat.

Wie lange sie ritten, wussten sie nicht. Sie ritten ohne Pause, einer der Schatten des andern, ohne zu essen, ohne zu trinken, ohne zu schlafen, sie ritten immer der Stimme nach, die, je länger sie ritten, umso leiser wurde, bis sie den Waldrand erreichten, wo die Stimme endgültig verstummte.

Am Waldrand stand mit hängenden Zügeln und schmutziger Mähne ein Pferd. Das Sattelzeug hing an der einen Seite des Tieres herab, die Steigbügel fehlten. Der Kleine Baedeker sprang ab, lief zu ihm hin und begann, seine Mähne erst zu kämmen, dann zu flechten, und während er kämmte und flocht, war Stoliczka sprachlos in der offenen Landschaft stehen geblieben, schob empört den Griff seines Schmetterlingsnetzes in den Boden, und indem er mehrmals hintereinander heftig mit dem Fuß aufstampfte, rief er, alles sei ihm jetzt klar, der ganze Ausbund an Missverstand, die sinnlose Reise.

Aber so, schrie er, hätten sie nicht gewettet, das sei nicht der Plan, das sei nicht verabredet gewesen. Er sei nicht mit ihm gezogen, um sich hier bei Nacht in einem schlecht beleuchteten Dickicht ohne Träger und Verstand von falschen Versprechungen und undurchsichtigen Verheißungen an der Nase herumführen zu lassen, von einem Führer, der gar kein Führer war, der den Unterschied zwischen Haustier und Tiger nicht kannte und nicht die geringste Ahnung davon hatte, was es mit der Bestie auf sich hat, während er, Stoliczka, genau wusste, in welcher Mission er unterwegs war, in höherem Auftrag nämlich, der andere aber, da war er sicher, war auf etwas ganz anderes aus. Aber, das schwor er gleich hier auf der Mitte der Lichtung, er würde nicht eher ruhen, als bis er die Berbiolette gesehen hätte, und zwar mit eigenen Augen.

Er würde sich auch nicht in ihre Betrachtung versenken, sondern würde zugreifen, denn obwohl man in allen Museen Europas seit Jahren davon überzeugt war, sie sei nichts anderes als das Produkt seines unruhigen Geistes, würde er sie fangen, weil ein echter Forschungsreisender nicht Halt machen darf, bevor er die Schönheit ein für alle Mal dingfest gemacht hat. Er würde sie in einen Käfig setzen und samt Käfig und Tier ein letztes Mal ein Schiff besteigen, um dann für immer nach Wien zurückzukehren, wo er sie mit der ganzen Beweiskraft ihrer Anwesenheit vor aller Augen ausstellen würde.

Und von überall her kämen Besucher, und nicht nur Besucher, sondern allen voran Direktoren, und staunend würden sie vor dem Käfig stehen, nein, in die Knie gehen, und wieder und wieder würden sie rufen: Was für ein Tier! Ja, was für ein Tier, das wusste der Doktor genau, während er ungerührt neben dem Käfig stand, und abends, wenn die Besucher und Direktoren das Museum längst verlassen hatten, saß er an einem Tisch, neben sich auf dem Tisch das Jagdgewehr, und schrieb unbestechliche Berichte, in denen er ein für alle Mal erklärte, was es mit der Berbiolette auf sich hat.

Und während er bereits jetzt, hier auf der Lichtung, atemlos alles zum Vortrag brachte und dabei schrie und stampfte, legte sein Begleiter, der immer noch damit beschäftigt war, das herrenlose Tier trockenzureiben, einen Finger an die Lippen und bedeutete ihm zu schweigen, denn er versuchte, sein Ohr an den Hals des Pferdes gelegt, das Tier zu befragen. Aber das Pferd blieb stumm, wie sich überhaupt auf der Lichtung nichts regte. Es war totenstill.

Da hielt es den Doktor nicht länger. Er konnte die Lichtung unmöglich unverrichteter Dinge verlassen, dafür war er nicht unterwegs, dafür hatte er nicht diesen langen und gefährlichen Weg zurückgelegt. Und in seiner Wut und Empörung riss er das Schmetterlingsnetz aus dem Boden und begann mit der ganzen Kraft seiner Enttäuschung auf seinen Begleiter einzuschlagen, der wortlos und ungerührt in die Knie ging und sich unter dem Helm die Hände über die Ohren presste, weil er das Schreien des Doktors nicht länger ertrug. Aber der Doktor hörte nicht auf zu schlagen, bis der Griff seines Netzes zwischen den Schultern des Kleinen Baedeker zerbrach und ihm der Tropenhelm vom Kopf rutschte und zwischen die Büsche rollte.

Da hörte der Doktor auf zu schlagen, hob den Helm aus den Büschen empor, trat dicht an den Kleinen Baedeker heran, der, noch immer die Hände über den Ohren, auf dem Boden kniete, und flüsterte: Wann hörst du endlich auf mit dem Unsinn? Es wird höchste Zeit, dass du deinen Schulabschluss machst, damit du endlich begreifst: Der Helm gehört mir. Dann erhob er sich, klopfte sich den Staub aus den Kleidern, rückte sich den Helm auf dem Kopf zurecht, bestieg sein Pferd, gab ihm die Sporen und verließ die Bühne nach rechts. Das Schmetterlingsnetz ließ er auf der Lichtung zurück.

4.

Aus dem Staub erhob sich der Kleine Baedeker und schlug sich den Schmutz aus den Hosenbeinen. Dann trat er hinaus auf die Lichtung, bückte sich nach dem zertrümmerten Schmetterlingsnetz, ging zu seinem Pferd hinüber, packte die Reste des Netzes zusammen mit der Angel in die linke Satteltasche und begann mit lauter Stimme wieder zu singen. Die Pferde hoben die Köpfe und spitzten die Ohren, und als der Kleine Baedeker aufsaß, mit der Rechten den Hals seines Tieres streichelte und mit der Linken nach den Zügeln des herrenlosen Pferdes griff, hörten sie plötzlich laut und deutlich ein schallendes Gelächter, als wären sie, was ganz unmöglich war, auf einmal wie von selbst in die

Berge geraten, und zwischen den Bergen, ohne Ritter und Fernrohr, waffenlos, ohne Träger und Tier, womöglich sogar ohne Hemd, säße der Mann, den sie suchten. Ein Mann, der sein Gelächter wie Steine gegen die Felswand warf, um immer wieder von vorn in drei Sprachen das Echo seiner verzweifelten Stimme zu hören, die längst nicht mehr seine eigene war.

Denn der Kleine Baedeker wusste genau, dass sein Bruder so niemals gelacht hatte. Nicht in Lissabon, nicht in Paris, nicht in Moskau und auch nicht in Budapest, nicht in Straßburg und schon gar nicht in Brüssel, nicht einmal an einem Frühstückstisch in den Ardennen, an dem damals noch Platz für ihn war und wo ein freundliches Zimmermädchen mit einer Zeitung, frisch wie Brot, in der geöffneten Tür stand. Aber sein Bruder hatte bloß das Gesicht verzogen, die Mundwinkel leicht nach oben geschoben, vielleicht auch die Lippen geöffnet und dabei seine schönen Zähne gezeigt.

Nur gelacht hatte er nicht. Niemand hatte ihn jemals lachen hören, niemand hatte gesehen, dass er den Kopf mit weit geöffnetem Mund erleichtert nach hinten geworfen hätte, um ernsthafte Laute von sich zu geben, nicht auf der Straße, nicht in der freien Natur und in geschlossenen Räumen schon gar nicht.

Man hatte ihn sprechen und schreien hören, fluchen und brüllen. Vermutlich hatte er auf seiner Reise sogar mehrmals versucht, sich vor Portiers, Rezeptionisten und Redakteuren in zwei gleich große Hälften zu zerreißen, was ihm zwar nicht gelungen war, aber er hatte es immerhin versucht. Alle Kräfte hatte er aufgeboten, und der Ritter wäre ihm damals in dieser Sache beinahe zur Hand gegangen, hätte ihn nicht sein Gefühl zurückgehalten, denn sein Begleiter war nicht nur schön, sondern wusste das auch, nur wusste er nicht, wie man Schönheit zum Ausdruck bringt.

Man öffnet einfach den Mund, weitet die Lungen und lacht. Über den Mann mit dem Schmetterlingsnetz, über den mit der Kiepe und erst recht über den Mann im Botanikerkittel, der nachts, auf dem Kopf einen Tropenhut und in der Hand eine Botanikertrommel, in der sich gar nichts befindet, in fremden Hotelzimmern auf und ab geht, obwohl er gern von sich behauptet, niemals spazieren zu gehen, weil er keine Zeit für Spaziergänge hat auf seinem Weg zur neunundachtzigsten Burg und zum dreiundvierzigsten Gipfel.

Eine durch und durch lächerliche Figur, das sieht jeder sofort auf dem kleinen schmutzigen Foto. Aber der Pauschalist konnte nicht lachen, weder über die sinnlose Jagd noch über das Vergehen der Zeit und schon gar nicht über diese rastlose Reise von Schaffner zu Schaffner, von Hotel zu Hotel, vom Portier zum Rezeptionisten und von dort aus zum Liftboy und weiter zu einem Zimmermädchen in Lissabon, das er nie zu Gesicht bekommen hatte, weil er bereits in Madrid begonnen hatte, sich vor lauter Angst und Reisefieber im Badezimmer einzuschließen.

Und so war ihm natürlich entgangen, wie sehr diese herrliche Dame dazu in der Lage war, dem Ritter erst ihre Zähne und danach zur Belohnung auch ihre Zunge zu zeigen, denn niemandes Zunge spricht anders als sein Herz. Am liebsten hätte sie sich ohne Umschweife auf das schwer gepolsterte Bett geworfen, um sich dort im dritten oder vierten Stock bei weit geöffneten Fenstern in der grausamen Hitze eines Hotelbetts ihrem herrlichen Lachen hinzugeben. Aber sie verzichtete darauf, weil sie genau wusste, dass ihr Lachen immer zu laut sein würde und nicht nur den Ritter, sondern vor allem ihren Bruder im Badezimmer in Verlegenheit gebracht hätte.

Aber der Ritter hatte in den Nächten leise gelacht. Vielleicht war es auch nur ein verträumtes Kichern, das kaum durch die Rüstung nach außen drang, als ihm seine Dame erst in weißer, dann in schwarzer Schürze erschien, und als auch das nicht verfing, zog sie entschlossen ihre allerletzte Trumpfkarte und band sich die Schürze aus Berbiolettenfell um. Er hatte sie gesehen, vom Kopf bis zu den Füßen, vor dem Bauch diese Schürze und vor dem Bauch mit der Schürze die Schubkarre, in die sie alles warf, was Doktor Stoliczka liegen gelassen hatte.

Spätestens im Anblick dieser herrlichen Schürze musste der Ritter sich ernsthaft fragen, warum er nicht aufstand und den endlosen Flur betrat, um jetzt, weit nach Mitternacht, endlich in aller Ruhe mit ihr über alles zu sprechen. Nur stellte sich sein Pferd immer wieder auf die Hinterhand, sodass es ihm beim besten Willen nicht gelang, sich zu erheben und hinaus auf den Gang zu treten. Vielleicht aber auch deshalb, weil sich neben ihm im Bett der Pauschalist ruhelos von der einen auf die andere Seite drehte, bis er sich gerade und streng aufrichtete wie eine Kerze, ihm mit dem harten Knöchel seines Reisefingers gegen den Helm klopfte und laut und deutlich sagte: Hör auf zu lachen! Und aus lauter Liebe klappte der Ritter sein Visier herunter, drehte sich unter der Hitze von Lissabon oder Madrid in seiner knirschenden Rüstung auf die andere Seite und verstummte.

Doch jetzt, hier, hinter einer Festung aus Buschwerk, wo weit und breit nichts zu sehen war, kein Berg und auch keine Felswand, kein Geröll und kein Ritter, wo sich vor den Augen des Kleinen Baedeker nichts auftat als eine weite offene flache Landschaft, in deren Mitte ein Feuer brannte, hier hockte, die Stirn auf den Boden gepresst und die Hände über den Ohren, sein Bruder und lachte die Erde aus.

Auch als der Kleine Baedeker sein Pferd neben ihm zum Stehen brachte, hörte er nicht auf zu lachen, und er hob auch dann seinen Kopf nicht, als er sich neben ihn auf den Boden setzte, und auch nicht, als er wieder aufstand, um das Pferd seines Bruders ans Feuer zu holen, das sich, die Ohren fest nach hinten gelegt, dagegen sträubte, denn es fürchtete seinen kranken Herrn.

Aber der Kleine Baedeker sprach langsam und deutlich auf das Tier ein, ging zurück in die Knie, beugte sich über den Mann auf der Erde und nahm ihm langsam und zärtlich, eine nach der anderen, die Hände von den Ohren, die keine Hände mehr waren, sondern Fäuste. Und langsam, erst die linke, dann die rechte, öffnete er seinem Bruder die Fäuste. Dann legte er ihm vorsichtig die Zügel seines Pferdes in die eine und das Diktiergerät in die andere Hand.

Am nächsten Morgen brachen sie auf. Sie kamen nur mühsam voran, denn der Pauschalist hatte verlernt, wie man seinem Pferd die Sporen gibt, und hielt unterwegs immer wieder an, um am Wegrand nach Blumen zu suchen, wo überhaupt keine Blumen wuchsen. Er war kaum dazu zu bewegen, zu Pferd zu bleiben. Immer wieder sprang er ab, blieb minutenlang zusammengekauert auf der Erde hocken, wühlte hier und da mit bloßen Händen im Erdreich, und wenn er sich schließlich erhob, seufzte er und riss sich das Hemd über der Brust auf, um sich dann wieder zu bücken und ein paar Büschel Gras aus dem Boden zu holen, die er sich in Hemdtaschen und Hosenbund stopfte.

Doch wenn ihn der Kleine Baedeker fragte: Für wen ist das Gras, für wen sind die Blumen?, hob er die Hände in die Höhe, spreizte, als wäre er ein Fräulein, die Finger wie Fächer und wedelte damit in der Luft herum, um sie zu kühlen. Dann lachte er wieder, griff mit der linken Hand nach seiner rechten, führte die rechte vorsichtig an den Mund, spitzte kichernd die Lippen, küsste lange und ausdauernd die verwüstete Hand und hob sie dann wieder nach oben, von da aus nach vorne, den Arm lang ausgestreckt wie eine Lanze, und zeigte in alle vier Himmelsrichtungen auf einmal.

Gelegentlich wandte er unerwartet sein Pferd, um in vollem Galopp wieder zurückzureiten, sodass der Kleine Baedeker auf seinem langsamen Tier alle Mühe hatte, ihm nachzusetzen und ihn einzufangen, bis er entschlossen die Zügel der beiden Pferde miteinander verknotete, was den Pauschalisten verwirrte. Aber dann klopfte er dem Kleinen Baedeker plötzlich vertraulich auf die Schulter, zog sein Diktiergerät aus der Tasche und rief, als würde er sich jetzt an alles auf einmal erinnern: Wie tüchtig du bist!

Aber das, diktierte er und lachte so sehr, dass er beinahe vom Pferd fiel, das war ja nicht anders zu erwarten, eine

Luft zum Schneiden, weshalb Doktor Stoliczka längst abgereist ist und auch wir jetzt weiterziehen müssen. Nur soll niemand glauben, ich wüsste nicht, was hier gespielt wird, ich durchschaue die Sache genau. Der Mann an meiner Seite ist nämlich gar nicht mein Mann, es ist nicht der Mann, den ich suche, und erst recht nicht der andere, den ich finden will, es ist nur ein kleiner geschlagener Mann auf einem kleinen geschlagenen, schmutzigen Pferd, ein Mann, der mir weismachen will, er wüsste, wohin wir unterwegs sind. Aber in Wirklichkeit hat er nicht die geringste Ahnung, wohin uns der Weg führt.

Was heißt keine Ahnung, rief der Kleine Baedeker, noch einhundert Meter, dann links, dann wieder nach rechts, und schon siehst du ein Feuer, an dem zwei Männer sitzen, die sich, darauf setze ich meine Angel, immer noch weigern werden, die Kisten zu öffnen, und hundert Meter von dort steht mitten auf einem Kreuzweg in ein Gebet vertieft ein Mann, der genau weiß, dass es von dort aus nicht mehr als ein paar Schritte sind zur Quelle von Sankt Pirmin, wo man die Köpfe verlorener Seelen unter das Quellwasser hält. Danach hört man sie nie wieder lachen.

Und zum Dank dafür, dass wir wieder zu den Geretteten zählen, ergriff höhnisch der Pauschalist das Wort, wird man uns immer wieder von vorn auch die anderen Geschichten auftischen, nämlich wie man auf der rauen Erde schläft und sich von nichts nährt als von Kräutern und Wurzeln und wie man die abgebrochenen Griffe von Schmetterlingsnetzen in halb leere Fässer taucht, um faules Wasser für immer in Wein zu verwandeln. Und sollten wir trotzdem ewig leben, werden alle Glocken der Gegend in ihrem Jammer heulen wie Hunde. Aber da wir wissen, dass wir in nichts als einem heiligen Irrtum befangen sind, lassen wir uns nicht aufhalten, sondern wandern immer der Nase nach, nach vorn ein Gesicht, das einer Mondlandschaft gleicht. Wie ja alle Gesichter im Angesicht Gottes nichts als entleerte Landschaften sind, aber wir lassen uns nicht ungestraft die Butter vom Brot unserer Erinnerung nehmen, denn schließlich ertragen wir mehr als andere, wir ertragen sogar die Stimme des heiligen Quiriacus.

Was nichts daran ändert, fuhr er fort, dass ich nicht Schetzel und auch nicht Quiriacus sein möchte, sondern der Mann, den ich liebe. Ich liebe ihn mehr als alles andere auf der Welt, ja, so sehr liebe ich ihn, diktierte er, dass ich ihn niemals im Leben mit irgendjemandem verwechseln könnte. Noch im Schlaf, selbst im Traum, würde ich ihn jederzeit ausfindig machen, selbst in Rüstung und Helm, das Visier heruntergeklappt. Ich erkenne ihn nämlich an seinem Wappen, das ein Schmetterlingsnetz und die Angel trägt, meinen kleinen Waldverschwender, der unablässig Lanzen aus Feuerholz schnitzt und seinem Hund heiße Kastanien zuwirft, die der Hund, den ich allerdings weniger liebe, wie nichts aus der Luft fängt.

Der Kleine Baedeker schwieg. Denn je länger er seinem Bruder dabei zusah, wie er sich in Hitze redete und immer wieder auf den Rücklaufknopf drückte, um verzückt seinen eigenen Bekenntnissen zu lauschen, desto deutlicher spürte er, wie sich ein Gefühl von Eifersucht in seiner Brust breit machte. Und tief in seinem Herzen hatte er längst die Verfolgung dieses Mannes aufgenommen, dessen Anwesenheit und Abwesenheit ihm gleichermaßen unerträglich waren, von dem er wünschte, er möge endlich mitten auf dem Kreuzweg erscheinen, um ihn aus dem Netz seiner Lügen zu befreien, von diesen Geschichten von Trägern, die niemals ihre Kisten öffnen, und von einem Mann, der, längst nicht mehr in ein Gebet vertieft, in einer offenen Landschaft steht. Denn obwohl er schon seit Tagen nicht mehr auf sich selbst, sondern nur noch auf sein Pferd vertraute, war er sich nicht sicher, ob irgendwo am Ende des Waldes, auf der anderen Seite der Kuhkriegsroute, wirklich ein beheizbarer Bus auf sie wartete und ob das Ungeheuer nicht längst begonnen hatte, seine Rechnungen zu begleichen.

Aber weil er sich nicht in seiner Furcht einrichten wollte, ritt er, ohne nach links oder rechts zu blicken, einfach weiter, wobei er gern die Hände von den Zügeln genommen hätte, um sie wenigstens für einen kurzen Moment über die Ohren zu legen, denn er ertrug diese Stimme nicht mehr, eine Stimme, von der er nicht genau wusste, welche es war. War es die seines Bruders, das Echo der Schläge eines flüchtigen Forschungsreisenden oder womöglich das Stöhnen des Wurms, der sich langsam und träge einen Weg durch das Dickicht bahnte, um ihn ein für alle Mal mit der unwiderlegbaren Kraft seines Daseins zum Verschwinden zu bringen?

Mit einem Helm auf dem Kopf allerdings wäre er sicher. Ein Helm, glaubte er, könnte ihn retten, obwohl er gleichzeitig wusste, dass es ohne Helm viel leichter war, zu begreifen, was da vor ihm auf der Lichtung erschien, und dass es vollkommen gleichgültig ist, in welche Richtung wir unterwegs sind, weil es im Angesicht des Ungeheuers weder auf Himmelsrichtungen noch auf Wünsche ankommt, sondern einzig und allein darauf, wer als Erster zieht.

Und er zog. Er zog seine letzte und einzige Waffe, er zog die Angel. Aber indem er den rechten Arm weit und gerade nach hinten in die Höhe streckte, um dann in hohem Bogen mit Schwung die Angelschnur über die Lichtung zu werfen, erstarrte plötzlich mitten in der Bewegung sein Arm, wie heißes Blei, das man in eiskaltes Wasser wirft, denn aus der Ferne vernahm er klar und deutlich ein ausgelassenes Jagdhornbellen.

5.

Die Luft steht still, und die Zeit steht still. Auch an ein Diktat ist jetzt nicht mehr zu denken, denn mitten auf dem Kreuzweg erscheint zwischen Ungeheuer und Herr jetzt der Hund. Voller Entzücken beobachtete der Kleine Baedeker ihn dabei, wie er sich wieder und wieder in die Luft warf und sich um die eigene Achse drehte, um schließlich mit gesammelter Kraft seinen Schwanz warnend in die Höhe zu stellen. Und damit man ihn wirklich gründlich wieder erkennt, legt er seinen Kopf schräg auf die Seite, als legte jemand den entscheidenden Hebel um.

So standen sie einander gegenüber, der Hund und sein Herr, einer in den Anblick des anderen vertieft, sodass nicht die geringste Spur von Aufmerksamkeit übrig blieb für das Ungeheuer und erst recht nicht für den dritten Mann, der gleich nach dem Hund die Bühne betrat, in voller Rüstung und das Visier fest heruntergeklappt. Er sprang sofort vom Pferd, nahm seinen Rucksack vom Rücken, holte ein paar Scheite heraus und begann, ein Feuer zu machen.

Erst als der Duft frischer Kastanien durch die Luft zog,

lösten sich der Hund und sein Herr aus ihrer Erstarrung. Der Hund lief zum Ritter hinüber und begann, Luft unter die Flammen zu wedeln, und der Kleine Baedeker öffnete seinen Rucksack, um die Reste seiner Vorräte mit ihnen zu teilen. Nur der Pauschalist saß immer noch wie angewurzelt zu Pferd und begriff nicht, wie sein Bruder ihm in dieser entscheidenden Sache hatte zuvorkommen können. Seine Augen begannen zu brennen, aber je mehr er rieb, desto stärker wurde das Brennen, bis ihm schließlich, weit über das erträgliche Maß hinaus, die Tränen über die Wangen liefen. Und während ihm vor den Augen alles verschwamm, hörte er, wie die beiden Männer, zu ihren Füßen der Hund, am Feuer miteinander sprachen. Sie sprachen laut und deutlich, als hätten sie nichts voreinander zu verbergen.

Wie alt bist du?, fragte der Ritter. Dreihundert, antwortete der Kleine Baedeker. Dann hast du viel von der Welt gesehen, sagte der Ritter. Nur wenig, sagte der Kleine Baedeker. Dann möchtest du mehr zu sehen bekommen?, fragte der Ritter. Nein, mein Herr, antwortete der Kleine Baedeker, worauf der Ritter erstaunt sein Visier hochklappte, dem Kleinen Baedeker in die Augen blickte und fragte: Warum nicht? Ich möchte nach Hause, sagte der Kleine Baedeker.

Nach Hause, diktierte lachend und hoch zu Ross unter Tränen der Pauschalist, nach Hause. Geh nur nach Hause und verteil deine Sterne, ich halte dich nicht zurück, also geh, aber vergiss nicht, alles einzupacken, was ich auf meiner Reise nicht mehr gebrauchen kann, vor allem den Hund. Nimm den Hund mit und geh deiner Wege, zu den Glocken und Burgen, und erzähl weiter deine Märchen und Lügen, trag weiter die Thermoskannen von Pintsch nach

Lellingen und von Lellingen nach Kaundorf und von dort nach Troisvierges, und solltest du jemals wieder nach Wilwerwiltz kommen, nimm einen Gruß mit an meine Mutter, von einem, der sich zu gegebener Stunde an sie erinnern wird. Und sag ihr, sag ihr, aber er hielt inne, weil ihm nichts einfiel, was der Kleine Baedeker seiner Mutter hätte ausrichten können. Denn auf einmal wurde ihm klar, dass er überhaupt nichts vorzuweisen hatte, dass er mit leeren Händen in der geöffneten Tür stand, denn er hatte noch immer den Schatz nicht gehoben, nichts von dem, was er bei sich trug, diesen ganzen gesammelten Text, nichts davon hatte er zu Papier gebracht, nichts davon in die Welt gesetzt, nichts war veröffentlicht. Es war ihm nicht einmal gelungen, diesen Doktor zu finden, und er spürte genau, dass es ihm auch mithilfe des Ritters nicht gelingen würde, der neben seinem Bruder vor dem Feuer hockte, selbstvergessen in die Flammen starrte und kleine Lanzen schnitzte. Mein kleiner Waldverschwender, meine traurige Reisebekanntschaft, mein geliebter sinnloser Schatten.

Und während er Eifersucht und Misstrauen kaute und auf die Männer am Feuer starrte, wurde ihm plötzlich klar, dass der Kleine Baedeker der Einzige von ihnen war, der den Doktor wirklich gesehen hatte. Wie sonst war er an die Angel gekommen, wo sonst hatte er die Reste des Netzes her? Womöglich hatte er sich sogar von ihm aushalten lassen, hatte ihm weisgemacht, er sei ein Führer und kenne die Gegend genau, hatte ihm das Blaue vom Himmel heruntererzählt und ihn unterwegs von seinen leeren Versprechungen genährt, diesen Geschichten von Burgen und Jungfrauen und versunkenen Glocken. Im schlimmsten Fall war es ihm sogar gelungen, den Doktor dazu zu bewegen, sich der Länge nach auf die flache staubige Erde zu legen und sein Ohr an den Boden zu pressen, um den Klang der versunkenen Glocke zu vernehmen, weil der Doktor, da war der Pauschalist sich ganz sicher, genauso zerfressen war wie er selbst. Alles wollte er sehen und hören, mit eigenen Ohren und Augen, aber der Kleine Baedeker hatte nur gelacht, war wieder auf sein Pferd gesprungen und hatte gerufen: Sie wissen doch viel besser als ich, dass das Entscheidende sich nicht in der freien Wildbahn klärt, sondern nur im Museum.

Der Pauschalist stieg langsam vom Pferd, zog das Foto aus seiner Tasche, und indem er es wieder und wieder glatt strich, trat er an das Feuer heran, beugte sich zu seinem Bruder hinab und flüsterte ihm ins Ohr: Komm schon, steh auf und erzähl mir, wo du gewesen bist, was du gesehen hast, wen du getroffen hast. Aber versuch nicht zu lügen, du weißt, das merke ich gleich, mir machst du nichts vor. Der Kleine Baedeker schwieg, stocherte mit der Angel in der Glut herum, und der Pauschalist fuhr fort: Ich weiß ja, dass du seinen Namen nicht buchstabieren kannst, aber darauf kommt es jetzt nicht mehr an, du weißt doch genau, wer von beiden es ist, also sag schon, ist es der mit dem Bart oder der mit der Brille?

Der Ritter klappte sein Visier wieder herunter, und der Hund begann leise zu winseln, aber der Kleine Baedeker griff nach dem Foto und betrachtete es lange. Dann erhob er sich vom Feuer, richtete sich auf und sagte: Ich kenne diese Männer nicht, habe keinen von ihnen je gesehen, nicht hier und auch nicht zu Hause im Schuppen, aber wenn du es genau wissen willst, musst du meine Schwester befragen, denn meine Schwester kennt sich mit Männern aus. Sie weiß genau, wo sie sich aufhalten, auf welchen Fluren sie sich herumtreiben, in wessen Betten sie liegen, auf wessen Zimmerschwelle sie schlafen und dass sie die Schwellen wechseln wie Hunde. Sie kennt alle Männer Europas in- und auswendig, ihre Schürze trägt sie nicht zum Spaß. Sie steht nur zum Schein in der hinteren Reihe. Aber warte nicht zu lange, mach dich besser gleich auf den Weg, denn sie hat es längst satt, sich auf den Fluren herumzutreiben, weil sie die Gesichter der Hochzeitsreisenden nicht mehr erträgt.

Und wenn dir auch das nicht weiterhilft, fuhr er fort, denn er hörte genau, wie der Ritter unter seinem Visier leise zu lachen begann, dann solltest du deinen Gefährten befragen, der seit dem Neujahrsmorgen einen Brief meiner Schwester unter seiner Rüstung trägt, einen Brief, den er vermutlich nie geöffnet hat, gelesen schon gar nicht. Denn wenn er ihn gelesen hätte, rief der Kleine Baedeker, und plötzlich wurde er rot im Gesicht und seine Stimme begann gefährlich zu zittern, wie sie nie in seinem Leben gezittert hatte, nicht auf seinen Wanderungen und auch nicht während seiner Führungen und nicht einmal damals, als ein Mann ihn mitten auf einer Lichtung verprügelt hatte, wenn er ihn nämlich gelesen hätte, rief er, und seine Stimme überschlug sich, dann würde er nicht mehr hier sitzen, er würde aufstehen und gehen, um meine Schwester zu finden, die irgendwo zwischen Kalkutta und Wilwerwiltz auf einem gepackten Koffer sitzt, die Arme fest über der Brust verschränkt.

Ich weiß das, ich habe sie selbst gesehen, wie sie da sitzt, die Lippen aufeinander gepresst, so fest, dass sie nicht mehr rot sind, sondern weiß, was meiner Schwester nicht steht, denn meine Schwester ist schön und alles andere als ein Zimmermädchen auf der Durchreise, sie lässt sich nicht mit leeren Versprechungen abspeisen. Sie trägt eine Schürze aus Berbiolettenfell und wartet nicht darauf, dass die Könige kommen, denn den Unterschied zwischen einem echten und einem falschen Ardennenschinken riecht sie von weitem.

Der Pauschalist schwitzte. Er fühlte sich unwohl. Das Diktiergerät zwischen Hemdkragen und Hals, starrte er auf das Bild in der Hand seines Bruders, dann hinüber zum Ritter, der unter seinem Visier aufgehört hatte zu lachen. Erst jetzt sah er, dass dem anderen der rechte Handschuh fehlte, und während er auf die bloße rechte Hand seines Reisegefährten starrte, die klein war und kräftig und mit Sicherheit warm und fest und die, da war er sich sicher, Turnierlanzen wie Heugabeln umfassen konnte, durchfuhr ihn ein scharfer Schmerz. Ein Schmerz, wie er ihn nie zuvor in seinem Leben gefühlt hatte, ein Schmerz, der sich zusammen mit dem Zorn und der Verzweiflung des Betrogenen in ihm ausbreitete wie ein Lauffeuer, sodass es unmöglich war, ihn auch nur einen Moment länger in Schach zu halten.

Das Diktiergerät fiel zu Boden, und er sprang mit einem Satz auf den Ritter zu, riss ihm mit beiden Händen den Helm vom Kopf und schrie: Zeig mir den Brief, zeig ihn mir jetzt, gleich hier, ich will den Brief sehen, und zwar mit eigenen Augen. Ich muss alles wissen, hier auf der Stelle, und zeigst du ihn mir nicht, dann will ich dich erschlagen, gleich hier, gleich jetzt werde ich dich erschlagen mit meinen eigenen Händen vor den Augen dieses kleinen schmutzigen unmöglichen Mannes, der im Gegensatz zu dir wenigstens weiß, was es mit der Ehre meiner Schwester auf sich hat.

Aber der Ritter ließ nicht mit sich streiten. Er nahm den Helm vom Boden, setzte ihn zurück auf den Kopf, stand auf, drehte sich zur Seite und legte umständlich seine Rüstung ab, um schließlich den Brief unter seinem Hemd hervorzuziehen. Vorsichtig schob er den kurzen Zeigefinger seiner rechten Hand unter die Oberkante des Umschlags, denn er war weder das Öffnen noch das Lesen von Briefen gewöhnt. Dann öffnete er mit einem sanften entschlossenen Ruck den Umschlag, zog den Brief hervor, drehte und wendete ihn, hielt ihn lange prüfend gegen das Licht der Flammen, fuhr immer wieder mit der flachen Hand über das Papier, als wollte er es auf seine Echtheit prüfen, bis er schließlich, als könne er sich erst ganz allmählich wieder an die Bedeutung von Buchstaben erinnern, zu lesen begann.

Silbe für Silbe, Wort für Wort, Satz für Satz, und als er mit Lesen fertig war, begann er von vorne, die Augen fest auf das Papier geheftet, indem er leicht die Lippen bewegte und versuchte, die Worte aufs Neue zu formen, als könne er sich jetzt, da er einmal begonnen hatte zu lesen, überhaupt nicht mehr von dem trennen, was vor seinen Augen stand.

Aber der Ritter, rief der Kleine Baedeker, das sind doch Sie selbst. Sie müssen doch wissen, ob Sie meiner Schwester zugetan sind oder nicht. Da begann der Ritter zu sprechen, aber weil unter dem Helm seine Stimme nicht richtig zum Klingen kam, vielleicht auch deshalb, weil er sich längst abgewandt hatte und in die entgegengesetzte Richtung sprach, konnten weder der Kleine Baedeker noch sein Bruder die Antwort verstehen. Aber sie sahen genau, wie er den Brief langsam wieder zusammenfaltete und unter seinem Hemd verschwinden ließ.

6.

In dieser Nacht tat der Pauschalist kein Auge zu. Es quälten ihn seine Träume, und es verschaffte ihm nicht die geringste Erleichterung, wie früher alles immer wieder von vorn auf sein Diktiergerät zu sprechen, so wie er auch längst nicht mehr wagte, auf den Rücklaufknopf zu drücken, um sich zu trösten oder sich wenigstens für ein paar Augenblicke der Illusion hinzugeben, er könnte noch einmal von vorn anfangen.

Er hatte Angst vor seiner Stimme bekommen, Angst vor dem Gelächter des Ritters und Angst vor den Einwänden seines Bruders, der ihm diese unmögliche Geschichte von seiner Schwester aufgetischt hatte, die mitten auf der Landstraße auf einem gepackten Koffer saß, in dem sich, wie er am Ende sogar kühn behauptet hatte, unter einem Stapel von Schürzen der rechte Handschuh des Ritters befand.

Kein Zweifel, er verfügte über große Einbildungskraft, und Sinn für Theater besaß er auch, denn er legte eine Art an den Tag, die Ereignisse dramatisch auszuschmücken und dabei sämtliche Requisiten mit einem solchen Geschick in die Luft zu werfen, dass dem Pauschalisten selbst in der Erinnerung daran schwindelig wurde.

Um sich Luft zu verschaffen, stand er auf, ging auf dem Kreuzweg hin und her, erst in die eine, dann in die andere

Richtung, maß unter seinen Füßen den Boden in Schritten, zählte zehn, zwanzig, dreißig Schritte nach vorn, dann wieder zurück, bis er merkte, dass er im Begriff war, einen Kampfplatz abzustecken. Und so lief er weiter, auf und ab, immer wieder von vorn, als müsste sein Körper sich das Gelände einprägen wie einen Text, den er am nächsten Morgen auswendig sprechen sollte. Aber weil ihm auch das keine Kühlung verschaffte, ging er zum Feuer zurück, wo zwischen dem Ritter und dem Kleinen Baedeker der Hund schlief.

Wie er sie da so liegen sah, dachte er daran, sie zu wecken, erst den Ritter, dann den Hund, dann den Kleinen Baedeker, und sie alle drei gleich hier in der Mitte des Kreuzweges zu fordern, um die Sache ein für alle Mal aus der Welt zu schaffen, denn solange er den Brief nicht gesehen hätte, das wusste er genau, würde er keine Ruhe finden. Nur hielt ihn ein klares Gefühl davor zurück, die Männer und ihren Hund zu wecken, weil er irgendwo gelesen hatte, dass man Schlafende so wenig wecken darf, wie man einen Mann von hinten ersticht. Vielleicht aber, dachte er, müsste er ihn gar nicht erstechen, denn bei näherem Hinsehen erschien es ihm viel einfacher, dem Ritter mitten im Schlaf, der tief und fest war, den Brief unter dem Hemd wegzuziehen.

Mit dem Brief in der Hand, das fühlte er, wäre er sicher. Er würde sich mit dem Brief in der Hand ans Feuer setzen, den Brief auseinander falten, ihn lesen und alles verstehen. Die schwarzen Felder würden aufgehen in den weißen und endlich eine klare deutliche Fläche ergeben, eine Landschaft, in der man sich sicher und ohne Furcht bewegen kann, eine Gegend, in der das Obst wie früher in klaren Reihen hängt. Er würde nicht mehr am Feuer sitzen, sondern an einem Tisch und langsam begreifen, dass sich alles längst wie von selbst in Luft aufgelöst hatte, dass nicht der geringste Anlass bestand, dem Ritter zu misstrauen, weil in dem Brief nichts stand, was ihn ernsthaft in Unruhe versetzen konnte. Er würde lesen, dass er zu den Geretteten zählte, dann würde er ihn langsam zerreißen und die Fetzen, einen nach dem anderen, in die Glut werfen und dabei zusehen, wie sie langsam zu Asche wurden.

Bei diesem Gedanken wurde ihm plötzlich leicht ums Herz. Er trat näher an das Feuer heran, fuhr mit den Fußspitzen durch die Glut und beugte sich über den Ritter. Und als er sich über ihn beugte, lachte der Ritter leise im Schlaf und drehte sich vom Rücken auf den Bauch, sodass es unmöglich geworden war, ihm die Rüstung zu öffnen. Aber weil er seine Hoffnung nicht aufgeben wollte, klopfte der Pauschalist leise und behutsam mit dem Knöchel seines Zeigefingers von hinten gegen den Helm, worauf der Ritter wieder zu lachen begann und sich auf die rechte Seite drehte. Und der Pauschalist klopfte ein zweites Mal, und der Ritter lachte ein drittes Mal, jetzt laut und so deutlich, dass der Pauschalist fürchtete, er könnte erwachen, aber der Ritter wachte nicht auf, sondern griff mit der linken Hand seine rechte, führte sie an seinen Helm, schob im Schlaf das Visier nach oben, hob seine Hand an die Lippen und küsste sie.

Aber anstatt jetzt zuzugreifen, jetzt, wo alles klar und verfügbar vor ihm lag, wo es nur noch zweier Handgriffe bedurft hätte, um dem Mann über der Brust die Scharniere zu öffnen, erst das linke, dann das rechte, und ihm vorsichtig die Rüstung von der Brust zu ziehen, wo sich gleich hinter dem Hemd der Brief seiner Schwester befand, blieb der Pauschalist weit vornübergebeugt stehen, bis er schließlich langsam in die Knie ging und dem anderen die Hände vom Visier nahm, um ihn gleichfalls zu küssen. Und knirschend rollte sich der Ritter im Schlaf auf die andere Seite.

Im Morgengrauen erhob sich der Ritter, um den Tieren von irgendwoher einen Schluck Wasser zu verschaffen, denn die Hitze war unerträglich geworden. Am Himmel zogen pechschwarze Wolken auf, die Luft war zum Schneiden, und der Pauschalist packte ihn von hinten am Arm. Ich habe gewacht, ihr habt geschlafen, sagte er. Wir sind drei, du bist einer, erwiderte der Ritter, mit wem willst du dich schlagen. Ich schlage mich mit jedem von euch, mit allen auf einmal, sagte der Pauschalist, je mehr und je schneller, desto besser, ich schlage euch alle am Stück.

Und wo sind die Waffen?, fragte der Ritter. Der Pauschalist stutzte, denn an Waffen hatte er nicht gedacht. Er hatte so lange und ausgiebig seinen brennenden Wunsch nach Genugtuung durch die Nacht gewälzt, dass er an alles gedacht hatte, nur nicht an Waffen. Und als der Ritter jetzt lachend sein Messer aus der Tasche zog, mit dem man Turnierlanzen schnitzen konnte, sonst aber gar nichts, denn es war klein und vollkommen stumpf, wurde ihm klar, dass er selbst nicht einmal ein Messer bei sich hatte, obwohl er in der vergangenen Nacht noch davon geträumt hatte, mindestens einen der drei hinterrücks zu erstechen. Die Waffen werden sich finden, sagte der Pauschalist, die ganze

Gegend ist voller Waffen. Ja, sagte der Ritter, ich habe ein Messer, dein Bruder die Angel, der Hund hat Zähne, du nichts.

Nichts, wiederholte der Pauschalist. Die Farbe war sämtlich aus seinem Gesicht gewichen, seine Lippen waren weiß wie Kreide, und indem er noch dichter an den Ritter herantrat, ballte er seine Hände zu Fäusten. Aber der Ritter lachte und sagte: Du hast die Faust, ich habe den Handschuh. Der Pauschalist ging in die Knie und begann Steine vom Boden zu sammeln, erst kleine, dann immer größere, die er sich in sämtliche Taschen stopfte, bis die Taschen aus den Nähten platzten. Der Ritter lachte, klappte sein Visier herunter und rief: Du hast die Steine, ich habe die Rüstung.

Der Pauschalist, der deutlich spürte, wie seine Augen wieder zu brennen begannen, ging zum Feuer hinüber, an dem immer noch tief im Schlaf der Kleine Baedeker und sein Hund lagen. Aus dem Rucksack des Ritters zog er die Reste von Feuerholz, hielt einen der Scheite in die Glut und versuchte, Feuer zu fangen, und der Ritter, der sah, dass die Glut viel zu schwach war, lachte und rief: Du musst sie aneinander reiben. Aber weil der Pauschalist nicht wusste, wie man ein Feuer in Gang bringt, warf er die Scheite in die Glut und kehrte mit leeren Händen auf die Lichtung zurück. Das Feuer gehört mir, sagte der Ritter.

Der Pauschalist wischte sich die Asche an den Hosenbeinen ab, und wie er seine Hände betrachtete und an den Händen die Reste von Asche, wurde ihm plötzlich klar, dass er den Mann, der vor ihm auf der Lichtung stand, niemals wirklich gesehen hatte. Er nahm seine ganze Kraft zusammen, den letzten Rest an Kraft, den er hatte, um den anderen durch seinen Helm hindurch zum ersten Mal ins Visier zu nehmen.

So standen sie einander gegenüber, der Pauschalist und sein Ritter, einer in den Anblick des anderen vertieft, der eine bewaffnet, der andere wehrlos, und je länger sie einander anstarrten, desto klarer wurde dem Pauschalisten, dass der andere genauso wenig von der Welt wusste wie er selbst. Dass er zwar glaubte, das Feuer erfunden zu haben, sich in Wahrheit aber nach Asche sehnte, denn er ging seit Jahren durch die Welt, ohne zu sehen und zu hören, vor allem aber ohne zu sprechen, denn diese Sprache hatte er nicht und auch keine Stimme, weil die Stimme unter seinem Helm nicht richtig zum Klingen kam, und das wusste er auch.

Er wusste auch, wie man Pferde sattelt und bürstet und tränkt, aber Karten spielen konnte er nicht. Er wusste nicht, wie man würfelt, und Kränze flechten konnte er auch nicht. Nicht dass er keine Dame getroffen hätte, die bereit gewesen wäre, es ihm zu zeigen, aber vor lauter Angst, sich auf der Suche nach dem Ungeheuer zu verliegen, hatten sich beide, der Ritter und der Pauschalist, sobald das Zimmermädchen auf dem Gang erschien, im Badezimmer eingeschlossen. Der Ritter hatte alle Hähne auf einmal aufgedreht, damit auch nicht das kleinste Geräusch nach außen drang, während der Pauschalist sein Ohr von innen gegen die Badezimmertür legte, lauschte und genau hörte, wie das Zimmermädchen erst die Fenster öffnete, dann die Betten aufschüttelte und sich dann vor dem Spiegel über dem Schreibtisch rasch und entschieden die Lippen nachzog, bevor sie, die frischen Handtücher in der Hand, an die Badezimmertür trat, ihr Ohr von der anderen Seite gegen die Tür legte, gleichfalls lauschte, dann klopfte, und da keiner von ihnen Antwort gab, wieder klopfte und rief: Frische Handtücher!

Er war einen Schritt von der Tür weggetreten und hatte gerufen: Wir kommen zurecht, machen Sie sich einen schönen Tag, heute geben wir Ihnen frei. Und weil er genau hörte, wie das Zimmermädchen zögerte, auch, wie sie den Atem anhielt und noch schärfer lauschte, setzte er laut und deutlich hinzu: Gehen Sie nur, gehen Sie doch, wir kommen allein zurecht. Und er blieb so lange hinter der Tür stehen, bis das Zimmermädchen tatsächlich auf dem Absatz kehrtmachte, zur Tür ging und einen Moment lang zweifelnd in der halb geöffneten Tür stehen blieb, um sie dann endlich leise hinter sich zu schließen.

Bereits am zweiten Tag verzichtete sie darauf, die Fenster zu öffnen, am dritten Tag schüttelte sie auch die Betten nicht mehr auf, und am vierten Tag hörte sie auf zu klopfen, weil sie begriffen hatte, dass die Männer nicht auf frische Handtücher angewiesen waren und dass sie es vorzogen, einander mit Handschuhen zu bewerfen und sich zu erzählen, wie sie, gesetzt den Fall, sie fänden es doch, dem Ungeheuer ein herrliches Ende bereiten würden. Wie sie es von oben und unten gleichzeitig erstachen, wie sie ihre Turnierlanzen in den Körper des Tieres bohrten, um es später einem dahergelaufenen Forschungsreisenden zu überlassen, der es zu höheren Zwecken auf ein Schiff bringen ließ, um es für immer vor der gesammelten Menschheit auszustellen.

Aber hier, inmitten einer Lichtung, die meilenweit von allem entfernt war, was einem von ihnen vertraut gewesen wäre, erst hier erkannte der Pauschalist, dass der andere, genau wie er selbst, das Ungeheuer niemals finden würde, weil sie allzu sehr mit sich selbst beschäftigt waren, weil sie nicht die geringste Ahnung davon hatten, was es mit der Rettung von Jungfrauen auf sich hat.

Er machte einen Schritt nach vorn, auf den anderen zu, und auch der andere setzte sich jetzt langsam in Bewegung. Schritt für Schritt, und je näher sie einander kamen, desto schwerer und langsamer wurden ihre Schritte, als wateten sie knöcheltief durch Wasser, und das taten sie auch, denn ohne ihr Zutun hatte sich längst der Himmel über ihnen geöffnet, und es begann zu regnen. Es regnete so heftig und mit einer solchen Gewalt auf sie herab, dass sie einander hinter dem Vorhang aus Wasser aus den Augen zu verlieren drohten. Wie blinde Jäger in einer unbekannten Landschaft, die sich zusehends in Auflösung befindet, stapften sie aufeinander zu, stolpernd der eine, taumelnd der andere.

Dem Pauschalisten flossen die Kleider vom Leib, während dem Ritter das Wasser durch die verbrauchten Scharniere in das Innere seiner Rüstung strömte, bis sein Körper in der mit Wasser gefüllten Rüstung so schwer geworden war, dass er sich kaum mehr auf den Beinen halten konnte. Aber er hörte nicht auf, weiter nach vorne zu gehen, sondern hielt ungerührt auf einen Mann zu, den er gar nicht mehr sah, der womöglich überhaupt noch nie da gewesen war. Und indem er besinnungslos weiter nach vorne lief, streckte er unter der weit geöffneten Schleuse des Himmels seinen linken Arm nach ihm aus wie eine Fahne der Ergebung.

Aber der Pauschalist konnte ihn nicht mehr erkennen. Er sah weder den Ritter noch seinen ausgestreckten Arm, noch sah er die Fahne. Er ging einfach weiter, hinein in das Dunkel des Regens, von dem er wusste, dass er nicht mehr aufhören würde, immer würde es regnen, bei Tag und bei Nacht, vom Aufgang der Sonne bis zum Untergang. Es würde regnen, bis alles sich in nichts aufgelöst hatte, der Ritter, der Kleine Baedeker und auch der Hund, obwohl der Pauschalist davon überzeugt war, dass der Hund besser schwimmen konnte als sie alle zusammen.

Denn selbst jetzt, da er die Hände nicht mehr vor den Augen sah und auch nicht den rettenden Handschuh, hegte er einen Groll gegen das Tier, der sich auch unter dem strömenden Regen nicht auflöste, denn er wusste, dass vor ihm schwimmend der Hund immer als Erster das andere Ufer erreichen würde, immer würde er schneller sein, er würde, den Brief des Ritters fest zwischen den Zähnen, unbeschadet in die Heimat zurückkehren, weil er der Einzige war, der den Anblick des Ungeheuers ertragen konnte, ohne Schaden zu nehmen.

7.

Es hörte nicht auf zu regnen, an Feuer war nicht mehr zu denken. Der Kleine Baedeker und sein Hund versuchten, die Matten und den Rucksack aus dem Wasser zu fischen, das dem Kleinen Baedeker schon bis an die Knie stand, während der Hund sich mehr schwimmend als laufend durch die Landschaft bewegte. Aber sie versuchten, mit Eifer und Anstand zu retten, was zu retten war. Allem voran die Kiepe, in die der Kleine Baedeker alles warf, was sie zu fassen bekamen, Reste von Feuerholz, kleine Bündel gepressten Strohs, eine zerrissene Hose, Steine, zwei Matten, ein Zelt, die Botanikertrommel und die Lupe.

Als der leere Helm des Ritters über die Lichtung geschwommen kam, riss sich der Kleine Baedeker die Angel von der Schulter und begann, nach dem Helm zu fischen, aber der Helm, der sich in kleinen Strudeln wieder und wieder um die eigene Achse drehte, drohte ihm zu entwischen, bis der Hund sich entschlossen in die Fluten warf und, den Helm zwischen den Zähnen, zu seinem Herrn zurückkehrte. Der Kleine Baedeker leerte den Helm und setzte ihn auf den Kopf. Er passte wie angegossen.

Und wie sie so fischten und angelten, hörte er vom Waldrand her die verzweifelten Rufe seines Bruders, der vergeblich versuchte, die Pferde in Gang zu setzen, denn die Pferde stellten sich auf die Hinterhand und waren unmöglich zu halten. Nur das Tier des Kleinen Baedeker stand ungerührt in den Fluten und zeigte nicht die geringsten Anzeichen von Angst, als wäre es immer zu Hause, zu Land wie zu Wasser. Der Kleine Baedeker griff die Zügel, saß auf und machte seinem Bruder ein Zeichen, gleichfalls aufzusitzen, aber der Pauschalist, war es wegen der Nässe oder weil die Steigbügel fehlten, rutschte immer wieder an der Seite seines Pferdes hinab, sodass der Kleine Baedeker erneut abspringen musste, um ihn mit aller Kraft auf das Pferd zu stemmen, bis er schließlich wieder ganz obenauf saß. Und mit einer Stimme, die das Herz seines Bruders höher schlagen ließ, rief er: Nach Hause!

Das Pferd des Ritters ließen sie zurück. Sie ritten immer geradeaus, immer der Nase nach. Und während sie ritten, ohne sich umzudrehen, ohne zu schlafen, ohne zu essen, ohne zu trinken, erzählten sie einander die Geschichten ihrer gemeinsamen Beutezüge, wem sie was genommen und wen sie wie erst in Angst, dann in Schrecken versetzt hatten, danach aber erschlagen, und wen sie demnächst ins Visier nehmen würden, um am Ende reich wie Könige nach Hause zurückzukehren. Denn das ist das Geheimnis, schnell muss man sein, gehen, bevor man gekommen ist, schneller verschwunden als aufgetaucht, wie ein Wind, wie der Sturm, der Träumern und Schläfern das Dach über dem Kopf wegreißt, und zwar im Handumdrehen.

Sie ritten und ritten und wollten überhaupt nicht mehr aufhören zu reiten, denn sie waren jetzt ganz unter sich, und das genossen sie, wie damals, als sie in einem anderen Wald unterwegs waren, ohne Diktat und Schulabschluss, und vor lauter Freude über ihre gemeinsame Erinnerung begann der Kleine Baedeker seinem Bruder die eine oder andere Frage vorzulegen: Woher kommen wir, wohin gehen wir, wo sind wir, und der Pauschalist rief dreimal in drei Sprachen: Zu Hause!

Wie lange sie ritten, wussten sie nicht, denn weil die Landschaft vom Regen vollkommen verdunkelt war, gab es weder Sonnenaufgang noch -untergang, aber der Hund, der vor ihnen halb lief, halb schwamm, kannte den Weg genau, und so ritten sie immer dem Hund nach, bis sich vor ihnen eine weite offene Landschaft auftat, in der sich nichts mehr befand außer Wasser, das zu ihren Füßen höher und höher stieg. Es hatte jetzt schon die Knie ihrer Pferde erreicht, weshalb sie noch mühsamer vorankamen, und der Kleine Baedeker, der die Not der Tiere erkannte, wandte sich an seinen Bruder und sagte: Wir müssen ein Schiff bauen.

Der Pauschalist schwieg, denn keiner von ihnen hatte jemals ein Schiff gebaut. Sie wussten, dass sie alles Mögliche konnten, aber ein Schiff bauen konnten sie nicht, und der Pauschalist spürte sofort, wie Übelkeit in ihm aufstieg, weil er nichts mehr fürchtete, als ein Schiff zu besteigen. Alles hätte er getan, den ganzen Weg von Bombay oder Kalkutta bis zurück nach Wilwerwiltz hätte er reitend, radelnd, selbst schwimmend und, wenn es sein musste, auch zu Fuß zurückgelegt, trotz aller Gefahren, die in den Wäldern lauern, trotz der Wegelagerer und Räuber. Nur ein Schiff besteigen wollte er nicht, weil dann alles zurückkommen würde, was ihm in den Nächten den Schlaf raubte, vor allem die Erinnerung an den Doktor, den er noch vor wenigen Momenten für immer vergessen geglaubt hatte.

Aber der Kleine Baedeker wusste genau, dass keine Zeit zu verlieren war, dass sie, sofern sie wenigstens ihre Köpfe retten wollten, nicht zögern durften, und obwohl er, als er von seinem Pferd sprang, feststellte, dass ihm das Wasser schon an die Ohren reichte, versuchte er, alles zu greifen, was an ihnen vorbeischwamm, Stöcke und Zweige, Feuerholz, Heugabeln und Lanzen, und weil er nichts anderes finden konnte, um die Fundstücke miteinander in Verbindung zu bringen, riss er die Angelschnur von der Angel, löste die Zügel vom Hals seines Pferdes und begann, ein Floß zu bauen. Um das Floß für die Reise haltbar zu machen, stopfte er in die Ritzen zwischen den Balken das Stroh und die aufgeweichten Reste der Matten, am Ende riss er sogar das Zelt in Stücke, um damit die letzten Fugen und Löcher zu stopfen.

Das, rief er triumphierend, indem er die Kiepe auf das Floß warf und in der Mitte des Floßes an einem Zweig, den er einem Mastbaum gleich in die Mitte der Planken stieß, den flatternden Hemdkragen befestigte, den er vom Grund der Kiepe herausgefischt hatte, das hätte Stoliczka nie gekonnt, dieser freundliche harmlose Herr mit Schmetterlingsnetz und Angel im Wappen, der nicht weiß, wie man Schiffe baut, der nicht einmal weiß, wie man ein Schiff besteigt, und der, wenn er es einmal bestiegen hat, sich vor lauter Angst und Ratlosigkeit vor seiner eigenen Beute versteckt und sich in seiner Kabine einschließt, um dort wieder und wieder alles zu Papier zu bringen, während wir, und er richtete sich zu voller Größe auf und klopfte sich gegen den Helm, wobei sich seine Stimme förmlich vor Stolz überschlug, während wir den ehrlichen Heldentod suchen.

Der Pauschalist, der nichts weniger suchte als den Heldentod, bestieg mit zitternden Knien das Floß, aber weil er seinen Bruder in seinem Übermut nicht stören wollte, griff er nach den Zügeln seines Pferdes, zog es in die Mitte der schwankenden Fläche, machte die Leinen los, ging neben seinem Pferd in die Knie und sprach sein letztes Gebet, das in Wirklichkeit kein Gebet war, sondern ein Schwur, denn er schwor, gleich hier, in der Mitte eines ihm unbekannten Gewässers, das vielleicht überhaupt nie zuvor eine lebendige Seele befahren hatte, dass er, sobald er wieder festen Boden unter den Füßen hätte, sich unverzüglich auf den Weg zu Sankt Pirmin machen würde, wo man ihm den Kopf so lange und anhaltend unter das sprudelnde Quellwasser halten würde, bis er für immer aus seinen schweren und ungesunden Träumen erwachte.

So fuhren sie dahin, der Pauschalist und sein Bruder. Unter dem strömenden Regen fuhren sie durch ein Meer aus Schlamm und Geröll und hatten keine Zeit, sich mit Himmelsrichtungen und Strömungen zu befassen, weil sie alle Hände voll damit zu tun hatten, die Pferde ruhig zu halten und immer wieder aufs Neue den Hemdkragen an der Spitze ihres Mastbaums zu befestigen, denn an ihrer Fahne riss, zog und zerrte ohne Erbarmen ein Fahrtwind, der ihnen mit aller Kraft die letzte Hoffnung auf eine Ankunft rauben wollte.

Aber so unbelebt und verloren auf den ersten Blick die Gegend auch schien, auf den zweiten sah man hier und da Reste von kleinen Häusern und Hütten, auf deren Dächern winkende Menschen saßen, die genau wie sie selbst unterwegs waren. Und wie sie so dahinfuhren auf ihren Flößen, Booten und Dächern, allesamt keine Reisenden, sondern Flüchtlinge und Händler, ihr Leben zwischen sich auf Körbe, Koffer und Rucksäcke verteilt, wirkten sie alles andere als unglücklich, eher so, als hätten sie alles schon hinter sich. Und da sie nun einmal überlebt hatten, mussten sie noch einmal von vorn anfangen und hielten alles in die Luft, was sie unterwegs zu fassen bekommen hatten.

Der Kleine Baedeker, der maßlosen Hunger verspürte, tauchte den Knauf seiner Angel in die Flut und ruderte zu einem der anderen Boote hinüber, um in Handel zu treten. Er bot alles auf, was er hatte, aber niemand interessierte sich für seine Botanikertrommel, auch nicht für die Lupe, bis er schließlich seine letzte Trumpfkarte aus der durchgeweichten Tasche zog und im Gegenzug ein Säckchen mit Kastanien erhielt.

Sie hätten die Kastanien gerne geröstet, doch wegen der anhaltenden Nässe war an ein Feuer nicht zu denken. Aber weil sie vor Hunger fast umkamen, begannen sie schließlich, auf den Kastanien zu kauen, und während sie kauten und kauten, merkten der Pauschalist und sein Bruder, wie sie langsam wieder zu Kräften kamen, denn auf einmal begann in ihrer unerschütterlichen Erinnerung der Duft von Brot über das Wasser zu ziehen, ein kräftiger und zugleich flüchtiger Duft, so kräftig und flüchtig wie jener andere, den Frau Conzemius unter den Achseln trägt.

8.

Am Morgen des Dreikönigstages hörte es über ihnen auf zu regnen, denn das Wasser unter ihnen hatte plötzlich wieder einen Namen, und als er sich umwandte, sah der Kleine Baedeker, wie neben ihnen die Mosel flussaufwärts langsam das Bildnis des heiligen Quiriacus geschwommen kam, und deutlich hörte er eine Stimme, die rief: Ihr werdet euch noch glücklich schätzen, durch Hecken und Stauden zu mir zu kommen. Er packte mit beiden Händen seine Angel, aber weil er die Angelschnur für den Bootsbau verwendet hatte, war es unmöglich, nach dem Bild zu fischen, und als er versuchte, mit den Händen danach zu greifen, stellte er fest, dass er sich in der Entfernung verschätzt hatte. Das Bild schwamm langsam an ihnen vorüber und verschwand in der Ferne. Auch die Stimme verstummte.

Munter war unruhig geworden, selbst Schengen begann, mit den Hufen zu scharren, und der Pauschalist, der zwischen den Pferden auf den Planken hockte, richtete sich auf und sagte: Die Gegend kommt mir bekannt vor. Mit vereinten Kräften versuchten sie, das Floß zum Ufer hin zu lenken, aber das Floß trieb immer wieder in die Mitte des Flusses zurück. An den Ufern des Flusses standen Männer, Frauen und Kinder und winkten ihnen freundlich zu, und der Pauschalist und sein Bruder winkten heftig zurück, damit die Menschen an den Ufern begreifen sollten, dass man sie retten müsste, aber die Menschen erkannten nicht, was vor ihren Augen vorüberzog.

Womöglich hielten sie die beiden Männer, die sich vor ihren Augen mit zwei Pferden und einem Hund gegen alle Gesetze der Natur auf einem schadhaften Floß den Fluss hinaufkämpften, für gealterte Pfadfinder oder verspätete Forschungsreisende, vielleicht aber auch nur für Angler, weshalb keiner von ihnen auf den Gedanken kam, ihnen vom Ufer aus zu Hilfe zu kommen, ja nicht einmal dann, als der Pauschalist und der Kleine Baedeker die Kraft ihrer Stimmen zusammenlegten und aus Leibeskräften um Hilfe schrien.

So kämpften sie sich weiter den Fluss hinauf, an dessen Ufern jetzt immer mehr Menschen Spalier standen, als hätte sich wie ein Lauffeuer herumgesprochen, dass zwei Männer, zwei Pferde und ein Hund auf einem Floß die Mosel befuhren, eine Sehenswürdigkeit ersten Ranges, viel interessanter und ungewöhnlicher als alles andere in dieser Gegend, denn einer der beiden Männer trug, wie man hörte, sogar einen Helm, weshalb es, fand man, völlig überflüssig geworden sei, sich auf den Weg zu den Bergen und Burgen zu machen, wo es ohnehin nichts zu sehen gab.

Hier dagegen gab es etwas zu sehen, etwas so Seltsames und Merkwürdiges, dass sich niemand das herrliche Schauspiel entgehen lassen wollte. Alles drängte und schob zum Wasser, jeder kämpfte um einen Platz in der ersten Reihe, ganz vorne wollten sie stehen, um dort in aller Ruhe ihre Kameras und Fotoapparate aus den Rucksäcken zu ziehen, damit ihnen auch nicht das kleinste Detail entging, denn niemand von ihnen wollte mit leeren Händen nach Hause zurückkehren. Niemand von ihnen wollte sagen müssen, er hätte sie nicht gesehen, zwei Verrückte, zwei Pferde und einen Hund auf einem Floß inmitten der Mosel, unterwegs von Kalkutta nach Wasserbillig.

Die beiden Männer hatten längst aufgehört zu schreien. Sie hatten auch aufgegeben, das Floß zum Ufer hin zu lenken. Sie boten den Rest ihrer Kräfte nur noch dafür auf, das Floß stromaufwärts vor dem endgültigen Kentern zu bewahren, aber es war offenbar, dass sie sich nicht mehr lange würden halten können, denn das Floß drehte sich immer wieder um die eigene Achse, und sosehr sie sich auch bemühten, sich mit Stecken und Stangen gegen die Strömung zu stemmen, klar war, sie würden den Kürzeren ziehen, zwei Meter nach vorn, drei wieder zurück, bis sie am Ende erschöpft würden aufgeben müssen.

Und genau darauf waren sie aus, die Besucher auf beiden Seiten des Flusses. Einige schlossen sogar Wetten ab, wie lange die beiden noch durchhalten würden, zehn Minuten oder zwanzig, womöglich sogar eine halbe Stunde, vielleicht aber auch eine ganze, je länger, desto besser, und wer von ihnen als Erster aufgeben würde, welcher als Erster vom Floß in den Fluss fallen würde, der Kleine oder der Große, oder ob es nicht vielleicht die Tiere wären, die als Erste das sinkende Schiff verließen, denn es war vom Ufer aus deutlich zu sehen, dass auch sie sich längst nicht mehr wohl fühlten in ihrer Haut, wobei man allgemein fand, um die Tiere wäre es nicht schade, weil sich durch die Ferngläser unschwer erkennen ließ, wie heruntergekommen sie waren. Das schmutzige Fell klebte an ihren Leibern, als kämen sie vom anderen Ende der Welt. Nur der Hund, auch das sah man deutlich, hatte noch nicht aufgegeben. Laut bellend und den Schwanz in die Höhe gestellt, umkreiste er wieder und wieder den Mastbaum.

Dann kippte das Floß um. Die Männer versanken in den Fluten, erst der große, dann der kleine, dann versanken die Pferde. Der Mastbaum legte sich flach, nur noch der Hemdkragen schwamm auf dem Wasser und über dem Wasser der Kopf des Hundes, der verzweifelt die Kiepe zu retten versuchte. Durch die Besucherreihen raste Applaus, vielleicht auch ein schwerer Seufzer, denn es war nicht auszumachen, ob sie begeistert oder erleichtert waren, vielleicht waren sie einfach empört, denn ihr Tag hatte eben erst begonnen, und das herrliche Schauspiel war schon zu Ende.

Oder doch nicht? Denn während sie gerade anfingen, ihre Kameras und Fotoapparate wieder in die Rucksäcke zu packen und sich einen Weg zurück durch die Menge zu bahnen, tauchten aus der Mitte des Flusses erst die Köpfe der Männer, dann unter den Männern die Köpfe der Tiere wieder auf, und während die Reste des Floßes stromabwärts trieben, schwammen die Männer auf ihren Pferden, als hätten sie nie in ihrem Leben etwas anderes getan, als sei das Wasser ihr Element, immer dem Hund nach, der den Deckel der Kiepe fest zwischen den Zähnen hielt.

Die Sonne stand hoch am Himmel, als sie in Wasserbillig das Festland erreichten. Wie Könige empfing sie die Menge, jubelnd vornweg die Frauen und Kinder, die sich danach drängten, ihnen Kränze auf die Stirnen zu drücken und Girlanden um die Schultern zu werfen, denn in diesem seltsamen Land ist es üblich, nur jene zu schmücken, die alles schon hinter sich haben. Sogar eine Blaskapelle war da, mit Pauken, Trompeten und Zimbeln, aber keiner der Musiker wusste, wie man ein Instrument bedient, weshalb, was sie spielten, so laut und erbärmlich klang, dass es dem Kleinen Baedeker den Atem verschlug, als stünde er, einen Strick um den Hals, zwei Schritte neben seinem offenen Grab, aber wahrscheinlich hatte er nur zu viel Wasser geschluckt.

Eingekeilt in die Menge stand neben ihm sein Bruder und gab freundlich Auskunft nach links und rechts, denn seit er wieder festen Boden unter den Füßen spürte, hatte er auch seine Sprache wiedergewonnen. Und mit immer lauter werdender Stimme erzählte er von ihrer aufreibenden und gefährlichen Fahrt, erst reitend, dann schwimmend, am Ende zu Fuß, von Kalkutta nach Wasserbillig, wie ungünstig die Witterung gewesen sei und wie stark der Feind, und das alles, der ganze Aufwand, um die Verfolgung eines Mannes aufzunehmen, den sie am Ende sogar gefunden hatten, um ihn dann für immer in die Büsche zu schlagen. Nicht, dass sie nicht gezweifelt hatten, nein, sie hatten sogar mehr als einmal gezweifelt, an der Reise, dem Auftrag und auch am Gelingen, aber sie wussten genau, dass sie nicht aufgeben durften, weil sie das nicht nur einander, sondern auch ihrer Schwester, um nicht zu sagen der Menschheit insgesamt, schuldig waren.

Während der Pauschalist ununterbrochen redete, hingen an seinen Lippen mit weit geöffneten Augen und aufgerissenen Mündern Frauen, die ihn, das war offensichtlich, gern berührt hätten, ja mehr noch, sie hätten ihm am liebsten eines seiner schmutzigen Kleidungsstücke vom Leib gerissen, um sich nach Art der Frauen ganz der Verehrung hinzugeben, aber sie wagten es nicht, näher an ihn heranzutreten, denn was ein echter Jäger ist, der Pauschalist lachte, der macht nicht eher Halt, als bis er die Bestie gefunden hat.

Was heißt hier Bestie, rief der Kleine Baedeker, welche Bestie denn, der Wolf, das Wildschwein, der Wurm? Hier stehe ich, und das ist mein Bruder, und ich kenne meinen Bruder genau, ich weiß, dass er genauso durstig und hungrig ist wie ich, so nass wie die Pferde, so müde wie Munter, nur kann er es einfach nicht lassen, immer wieder zur Verkündigung überzugehen, ja, so sehr ist er in seine Stimme verliebt, dass er vollkommen vergessen hat, dass man uns erwartet. Man erwartet uns sogar dringend, seit Jahren hält man das Zimmer für uns frei, drei Feldbetten, unter dem Fenster die Matte für den Hund und in der Ecke neben der Tür das heiße Eisen, unter dem meine Schwester unsere Kleider wieder in Ordnung bringen wird. Und ich gehe jede Wette ein, rief er, dass Frau Conzemius in all den Jahren keinen Schritt vor die Tür getan hat, weil sie sich weder für Prozessionen noch für Blasmusik begeistert.

Es wurde still im Kreis. Die Musik verstummte. Auch der Pauschalist verstummte. Er ging hinüber zu den Pferden, die ohne Sattel, ohne Zügel und Zaumzeug auf dem Platz standen, sodass es nicht leicht war, aufzusteigen. Aber als sie endlich wieder zu Pferde saßen, teilte sich wie von selbst die Menge, und sie verließen, hinter sich in einer kleinen Staubwolke den Hund, die Stadt durch den Nordausgang.

9.

Und während wir reiten, erzählen wir einander die Geschichten von unseren Lieblingsheiligen, allen voran die von Willibrord, der seinen Stab in die Fässer taucht. An jedem zweiten Fass bleiben wir stehen. Erstens, um unseren brennenden Durst zu löschen, zweitens, um unsere Vorfreude zu verlängern, bis wir am Abend schwer schwankend das herrliche Echternach erreichen und von den Pferden fallen. Wir legen unsere Ohren an die Tür des Hauses von Frau Conzemius und lauschen. Wir lauschen lange, denn immer noch können wir uns von unserer Vorfreude nicht trennen, bis mein Bruder Willibrord und ich schließlich vor lauter Müdigkeit in die Knie gehen. Mit letzter Kraft heben wir unsere Hände, spitzen unsere Zeigefinger und klopfen dreimal mit verdoppeltem Finger gegen die Tür.

Die Tür geht auf. In der Tür steht Frau Conzemius. Sie hat kein einziges graues Haar. Durch das Treppenhaus zieht der Duft von frisch gebackenem Brot. Vorsichtig hebt sie uns auf. Wir legen unsere Gesichter in ihre Achseln, mein

Bruder in die linke, ich in die rechte. Frau Conzemius lacht. Sie führt uns die Treppe hinauf in unser Zimmer, wo neben dem blinden Spiegel meine Schwester Spes steht und ihre Schürze aus Berbiolettenfell ausbürstet. Munter legt sich auf die Matte unter dem Fenster. Frau Conzemius zieht ein paar Nüsse aus ihrer Tasche. Munter wedelt, aber er ist zu erschöpft, um nach Nüssen zu springen. Morgen, sagt Frau Conzemius. Ich werfe mich auf das kleine Feldbett. Ich bin sterbensmüde, aber ich kann beim besten Willen nicht schlafen. Die Pferde, rufe ich, die Pferde, man muss sie trockenreiben, man muss sie kämmen, man muss sie schmücken, bevor die Könige kommen.

Frau Conzemius lacht. Leise erbebt der Knoten in ihrem Nacken. Sie tritt an mein Bett, beugt sich über mich und sagt: Du weißt doch genau, kleiner Veit, dass die Pferde schon versorgt sind. Man hat sie längst in den Stall gebracht, getrocknet, gestriegelt und mit roten und grünen Girlanden versorgt. Wir sind auf alles vorbereitet, das weißt du doch. Seit Jahren sind wir darauf vorbereitet. Also ruh dich jetzt aus und schlaf ein wenig.

Aber ich kann nicht schlafen. Ich kann meinen Blick nicht von Frau Conzemius wenden, auch nicht von meiner Schwester, die schweigend in der Ecke steht und, nachdem sie die Schürze gründlich ausgebürstet hat, sie zu bügeln beginnt. Ich sehe genau, wie sie aus den Augenwinkeln lauert. Sie hat nicht vergessen, was ich ihr am Neujahrsmorgen versprochen habe. Sie weiß, dass ich im Besitz des Geheimnisses bin, während mein Bruder Willibrord im Bett nebenan längst tief und fest schläft. Selbst im Schlaf kann er nicht aufhören zu sprechen, redet unaufhörlich Wasser zu Wein,

Brot zu Asche und richtet sich hin und wieder im Schlaf gerade auf wie eine Kerze, klopft mit dem Zeigefinger seiner rechten Hand gegen die Wand, dorthin, wo er den Ritter vermutet, und sagt laut und vernehmlich: Hör auf.

Und obwohl ich weiß, was ich meiner Schwester schuldig bin, kann ich mich nicht entschließen, ihr die Wahrheit zu sagen. Ich liege auf meinem Feldbett und lausche den Geräuschen, die von unten aus der Küche heraufdringen, wo Frau Conzemius damit beschäftigt ist, die Brote aus dem Ofen zu ziehen. Ich möchte aufstehen, zu meiner Schwester gehen, ihr die Arme um die Schultern legen und ihr alles erzählen. Aber ich kann nicht aufstehen. Irgendetwas hält meinen Körper im Bett fest. Unmöglich kann ich aufstehen und zu meiner Schwester hinübergehen, die immer noch in der Ecke steht und bügelt, als ginge es um ihr Leben.

Spes, rufe ich in meiner Verzweiflung, die mich von oben bis unten halbiert, um Gottes willen, wenn du weiter so bügelst, wirst du noch alles zum Verschwinden bringen. Meine Schwester dreht sich um, in der einen Hand das Eisen, die andere auf der Schürze, und sagt mit einer Stimme, die tiefer und trauriger ist als die versunkene Arsdorfer Glocke: Hast du ihn gefunden?

Was heißt hier gefunden, rufe ich, ich habe ihn nicht nur gefunden, ich bin sogar neben ihm geritten, ich habe ihm dabei zugesehen, wie man Turnierlanzen schnitzt, wie man ein Feuer einrichtet, wie man Vögel aus dem Flug fängt, wie man Pferde bürstet und tränkt, wie man ein Brettspiel gewinnt und wie man durch die Welt kommt, ohne auch nur das Geringste zu sehen oder zu hören. Aber damit du es weißt, ein Mann für dich ist das nicht. Er kann weder lesen noch schwimmen, und wenn du es ganz genau wissen willst, musst du Munter fragen, denn er ist länger mit ihm unterwegs gewesen, er hat sogar mit ihm gesprochen.

Und was hat er gesagt?, fragt meine Schwester und zieht düster die Brauen zusammen. Wer, frage ich, der Ritter oder der Hund? Meine Schwester lacht, tritt neben mich an das Bett, schiebt vorsichtig die Decke zur Seite, damit sie auf der Kante des Bettes Platz finden kann, und sagt leise: Du weißt doch genau, wen ich meine, Kleiner Baedeker. Also hör auf und sag mir die Wahrheit. Ach, rufe ich, die Wahrheit! Aber sie hat mich längst ertappt. Sie weiß genau, dass ich ihr an diesem Abend nichts vormachen kann. Schließlich wohnen wir nicht umsonst in diesem gemeinsamen Zimmer. Und so richte ich mich zu voller Größe auf, und indem ich ihr fest in die Augen blicke, sage ich, was ich weiß, oder wenigstens das, was ich zu wissen glaube, nämlich dass ich dabei war, als der Ritter den Brief meiner Schwester geöffnet hat.

Und was hat er gesagt? Er hat gesagt, sage ich, ich soll dich grüßen. Auch einen Kranz hat er mir mitgegeben, damit du dich zu gegebener Stunde an ihn erinnerst, aber plötzlich begann es zu regnen, hat den Ritter samt Kranz und Brief hinweggespült, und hätte ich nicht rechtzeitig meine Hand nach ihm ausgestreckt, der Brief wäre auf immer verloren gewesen.

Neben mir auf der Bettkante beginnt meine Schwester wieder zu lachen. Du lügst, ruft sie lachend, und du lügst schlecht. Ja, rufe ich zurück, ich lüge. Nicht ich bin es gewesen, der den Brief aus dem Wasser gefischt hat, sondern der Hund. Ich lüge und weiß nicht, wohin ich mich wenden soll.

Soll ich aufstehen und in die Küche zu Frau Conzemius fliehen? Soll ich an das Bett meines Bruders treten und ihm die Hände über die Ohren legen, um seinen Schlaf nicht zu stören? Oder soll ich einfach liegen bleiben, bis sich das Brot im Ofen von der einen auf die andere Seite wirft und Frau Conzemius, um das Unglück abzuwenden, in der Tür erscheint?

Aber das alles ist überflüssig. Meine Schwester hat längst aufgehört zu lachen und hat stattdessen die Hand auf meine Hemdtasche gelegt. Und ich begreife schlagartig. Also stehe ich auf, trete ans Fenster und falte den Brief des Ritters auseinander, der durch die lange Reise über das Wasser so gut wie unleserlich geworden ist. Ich halte ihn in das Licht der untergehenden Sonne, das schräg durch das Fenster des Echternachzimmers fällt, und lese in der schwungvollen klaren Handschrift meiner Schwester die Worte: DER RITTER, DAS BIN ÜBRIGENS ICH.

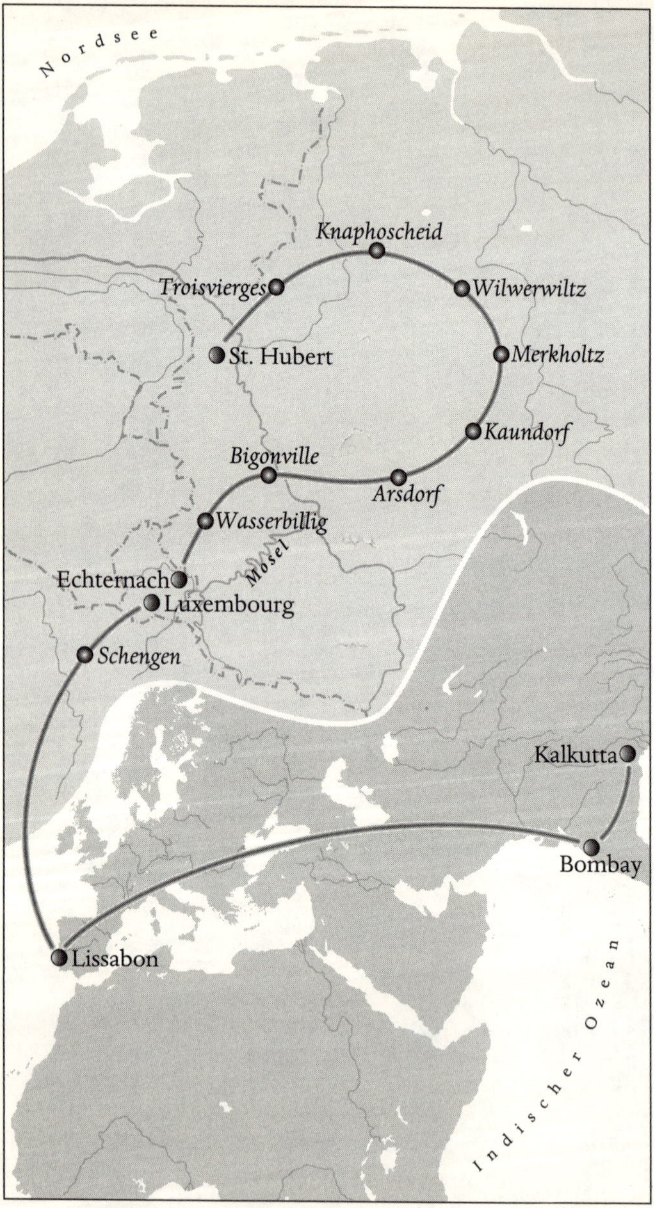
Nordsee
Knaphoscheid
Troisvierges
Wilwerwiltz
St. Hubert
Merkholtz
Kaundorf
Bigonville
Arsdorf
Wasserbillig
Mosel
Echternach
Luxembourg
Schengen
Kalkutta
Bombay
Lissabon
Indischer Ozean

Für ihre freundliche Unterstützung meiner Arbeit an diesem Buch gilt mein besonderer Dank dem Deutschen Literaturfonds in Darmstadt, der Stiftung Laurenz-Haus und der Familie Lano in Basel, dem Goethe-Institut, dem Literaturbüro in Lüneburg sowie den drei Königen: Dorothea Hoppe, Karlheinz Koinegg und Jutta Raulwing.

Christoph Ransmayr

Der Weg nach Surabaya

Reportagen und kleine Prosa

Band 14212

Christoph Ransmayr begann seine literarische Arbeit als Redakteur und Reporter. Er schrieb seine ersten Artikel für die Kulturzeitschrift Extrablatt, später für Merian oder Geo, und vor allem für TransAtlantik. Aus der großen Zahl dieser Arbeiten hat er jetzt die wichtigsten Stücke ausgewählt und in einem Band zusammengefaßt. Diese Sammlung führt nicht nur die epischen Möglichkeiten der Form der Reportage vor, wenn sich ein Erzähler ihrer bedient. Sie zeigt auch die Hinwendung des Reporters Ransmayr zu den Stoffen und Gestalten seiner späteren Romane. Seine Reportagen erzählen von den Staumauern in Kaprun oder vom Geburtstag einer neunzigjährigen Kaiserin, von Kniefällen in Czenstochau oder vom Leben der Bauern und Fischer im nordfriesischen Wattenmeer. Den zweiten Teil des Bandes bilden fünf Prosaarbeiten, in denen er von den unterschiedlichsten Epochen und Weltgegenden berichtet: Vom Labyrinth des Königs Minos auf Kreta, von Konstantinopel kurz vor der Eroberung durch Sultan Mehmet 1453 oder von der Freien Republik Przemyśl am Ende des Ersten Weltkriegs.

Fischer Taschenbuch Verlag

fi 14212 / 1

Gregor Hens

Matta verlässt seine Kinder

144 Seiten. Gebunden

Karsten Matta, vierzig Jahre alt und Familienvater, bereist seit fünfzehn Jahren die Welt für eine internationale Consulting-Firma. Bis er eines Tages im Warteraum eines Konsulats mit seinem bisherigen Leben bricht. Das Buch erzählt die Geschichte einer Liebe, die auch Selbstzerstörung ist, und einer Flucht, in die Matta alle hineinzieht, die ihn lieben. Matta verlässt seine Kinder ist die Geschichte eines verzweifelten Amoklaufs durch ein nur scheinbar friedliches Land.

»Ein unter Hochspannung stehendes, vibrierendes, Hoffnung machendes Stück Prosa.«

Die Welt